目录

1

I 街巷光阴

想去上沙住一年

我要去上沙住一年。妻子不屑地问，你不工作了吗？答，那就等退休以后。

妻子无语，她认为我也就是说说。

她没错。我确实还没准备好。但起码可以先想一想，住到那里去，我要做些什么。

这个被豪宅、商场包围的城中村，位于深圳市中心，暂住及流动人口一度高达十万人。十万人的规模，流水一样来了去，去了来，三四十年下来，一代新人换旧人，与这个村子发生过关系的人，或许高达百万了吧？这是个有故事的地方。

一位诗人说，"我初来深圳，在上沙住了三年，十多年过去，再去已和原来完全不一样"，语气中有淡淡的忧伤、失落。人皆如此，记忆停留的那个地方，雕刻着自己的喜怒哀乐，剐蹭着青春时光，是一段生活的见证。那个地方变化了，自己的故事也没有了附着点。自己可以老去，见证者不可老去。我接触上沙也晚，看到的仍是源源不断地流淌和旺盛的生命力。诗人以之对照自己的旧时光，是纵向比较，我对照见过的其他城中村，是横向比较，感受自然不同。

我到上沙住，首先要租房子。整个上沙片区，多为七八层的农民房，据估有八九百栋。近些年，部分因旧城改造而拆掉，但依然是规模庞大的一块城市湿地，供人暂歇。2022年价格：单间2000元/月，一房一厅2800元/月，两房一厅3500元/月，三房可达5000元/月。此为约数，来源于路边的"便民公告栏"。有些特意标上"房东直租"，暗示没有二房东扒皮，可节省费用。二房东者，深圳特有行业，包下一栋或几栋楼，重新装修为"公寓"，加价出租，因为住宿条件更好，生意亦不错。上沙片区一半房子掌握在二房东手中。

我来暂住，要多找几家，分别打问价格，比较楼层高低、室内装修、楼下配套、地理位置（距地铁口远近）。

迎面而来的电单车上都载着东西，而我两手空空。

和房东（或二房东）神聊，从他们提供的价格中分析房子的差别，如有可能，我会整理出一个具有指南性质的上沙村房租价格表，提供给初来乍到者，但行善事，莫问前程。

上沙有一不同于其他城中村的地方，几条街道的路边都有"出口""此处进村""此处出村"等指示牌，想来是因为楼房太多，歧路也多，在里面容易迷路，找不到方向。我这样漫无目的的乱走者，看到后心里突然亮堂了一下。定居上沙期间，我会一条路一条路地摸索之，熟悉之，成为活地图。我有空就站在没有指示牌的路边，专等着有人来问路。"前行一百米，下坡，左转，看见一个指示牌，就可以出去了。"

人有三急，如厕第一。上沙有公厕，需从一楼进入，至楼上，干干净净，像其他地方一样配有手纸、洗手液等。但公厕密度不够，上沙暂住村民王国华会找到村委会，提个建议，村中可否增建公厕一二。

我要跟开饭馆的小老板们聊聊天。那么多饭馆，一天吃一顿，一年下来，不见得吃一个遍。在这其中，一定有些饭馆还没等到我去吃，就关门大吉了，但房子一定有人接着租。一个曾居上沙多年的友人讲，他眼看着一个饭馆一年内换了三个老板，先卖东北饺子，接着卖湘赣木桶饭，再卖烧烤，最后倒是一个杂货铺站稳了脚跟，而不远处的杂货铺倒闭了。上沙人流量大，并不代表商家可以躺着挣钱。相反，同质化竞争更显残酷。相隔几百米，三家沙县小吃，你选谁？所谓一将功成万骨枯，一个笑着数钱的老板，背后是数位半夜流泪的"前老板"。路边一个专卖油条和豆浆的小店，油条两元一根，豆浆两元一杯。我和妻子两人共花八元钱，吃个半饱。油条又粗又鲜亮，成本是多少？一天能卖出多少？原料从哪里采购？手艺跟谁学的？每天需要工作多长时间？光靠着这个小店能维持全家生活吗？这么多好玩的问题，想想都激动。但我和他们谈这些时，他们是否愿意回答？即便愿意，他们是否会说实话？我住下来，成为他们的邻居，继而成为他们的回头客，也许有机会听到真实的心跳声。我白天在外面闲逛，凌晨时回到楼下的"深夜食堂"，点一个小菜，一支啤酒，小酌，坐看饭馆外面的灯光逐个灭掉，天渐渐亮了。

　　租房时无论询问多少个房东，最后我一定落实在一个本地佬，而且是爱说话的那种，这样我好跟他聊聊本地的事。关于本地历史的文字现在已有不少。若不是时代机遇，村子突然膨胀壮大，无数的目光投掷过来，这个村子也许像其他成千上万个村子一样诞生了，拔节了，死去了，湮灭了，生生世世荒草一般。如今有了被记录的资格和资本，但我还是不太关心业已成型的文字介绍，比如上沙村实际由东村、塘晏、椰树、龙秋、九园五个自然村组成；比如上沙村像深圳其他许多城中村一样，由村庄一步步变为实业股份有限公司；等等。我想了解更多隐隐约约、半梦半幻的故事，比如上世纪五六十年代，为饥饿所迫的本地人纷纷从海上前往对岸的香港，多年以后，大门洞开，他们带着辛苦积攒的血汗钱回乡投资，为这个村子的超速发展打下了根基。

那是一个野蛮生长的时代，各种可能性在这里变为现实，各种指向在这里大写加粗。我要找的这个本地佬在村中生活多年，他略显夸张的叙述都是亲眼所见，亲耳所闻，带着他的体温。有些也许出自他的臆想，这不要紧，多问几个，互相印证就好。某种意义上，他们才是书写历史的人，恰如我和更多的外来人一样，一起书写着今日深圳的历史。

每次去上沙，均见街角坐着几个中老年男人，头秃，瘦，看上去并不健壮，互相离得较远。每人面前摆着一个牌子，大大地写着"搬家"，亦有写"搬厂"的，似可说明此处人员流动频繁。大字下面还有红色小字，服务项目可齐全了："家电维修、回收旧电器，开锁加雪种①、清洗空调、清洁卫生、疏通厕所、安装水电、拆装空调、搬运材料、打墙装修、室内涂料、防水补漏、货车搬家、水电维修"。在他们没有生意的时候，我要走过去，请他们抽一根烟，喝一杯饮料，听他们讲自己的故事。吾知，他们的戒备心都很强，或曰他们只知道干活，懒得讲述，这种事，不能霸王硬上弓。这很考验我的情商和应变能力，从接触他们到他们张开嘴巴，本身又是一个很有意思的过程，我愿意尝试。

我是个作家，要写东西的。但跟上面提到的这些人聊天，我会摒弃写作思维，绝对一点说，不把他们写到作品中，让其烂在肚子里。我只是满足自己的好奇，而不与人分享。那些带着血迹的一个个故事和事故，蜗居于我的身体内，成为我和讲述者之间的秘密。再看别人高谈阔论其

———————————

① "加雪种"即往空调里面添加制冷剂，南方家庭常用。与"开锁"连在一起，无需逻辑，能看懂就行。

无论如何变换角度，我眼中的上下沙都是圆形的。

人其事，或呈现一副讳莫如深的样子，已详知底细的我，淡然一笑，悄悄走开。

上沙村里的楼房真挤。其他城中村也很挤，楼挨着楼，所谓"握手楼"也，即一个人伸出手，可以握住另一栋楼窗户里伸出来的手。以我所见，上沙村的部分楼间距略等于无，不仅可握手，还可互相喂食，下面狭窄得仅容一个瘦子侧身走过。不知是谁在那里放一辆电单车，不小心碰到，警报凄厉地叫了两分钟。我手足无措，想去制止，又怕火上浇油，只能眼巴巴看着它哭。直到哭声止，也不见主人来。妻子看我从楼缝儿里挤出来，说，你在这里一个月都待不了的，连阳光都看不见。

我不同意，心想，要来住，最好是雨季。雨天，呆呆对着窗外那近在咫尺的一面墙，看雨水悄无声息地由上面淌下，偶被电线挡住，立刻弹跳到这面的墙上来。或者听楼上邻居吱吱嘎嘎地搬桌子、挪凳子，一个下午都不消停。或者听楼下街道上喧嚣的市声。万物皆动，唯我独静，这样的时光，虽阴暗潮湿，仍可算得上享受。

我说住在上沙，不是作茧自缚，画一个圈把自己困住。周围鲜花丛生的公园、巨大的商业综合体，皆为我所用。生活范围尤其要及于下沙。

下沙紧挨着上沙，在外人眼中，二者从未分开。人们常用词汇为"上下沙"或者"上沙下沙"。而在事主本身，似乎并不亲近。两村本来都是黄氏后人，上沙村以黄金堂为开村一世祖，福田村和香港新界油田村等地黄氏与其同属一支；下沙则奉黄默堂为一世祖，上梅林、北头村与上合村的黄氏共尊之。二位一世祖是否亲兄弟不得而知，不过两村黄姓认同他们属于同辈。历史上两村村民有过争斗。离得越近，越容易看到对方的弊病，产生心结，久难去除。此或亦为传统文化中的一部分。

两个紧挨着的村子，仅隔一条路，名为"上下沙路"。下沙虽被放在后面，与上沙比，好像还占点上风。上沙热热闹闹更具烟火气。下沙也是几百栋农民房，路更宽一些，整体更洁净一些。城中村里，阳台少光照，晾晒衣服乃大事一桩，政府专门在一些农民楼的一楼房檐处搭上铁皮小棚子，挂上铁丝，用于集体晾晒。打量这些衣服，可见两村区别，上沙的衣架上，清洁工和外卖小哥的制服比例偏高，下沙晾晒的衣服则花样繁多，占比更高的似乎是

真正的信仰不会让人压抑，而是五颜六色，愉悦身心的。

都市白领。这些，都是一掠而过的直觉，不知是否准确。将来在此居住，闲来无事，可以高频次地数一数，也算做个统计。

下沙文化广场上立有很多神仙像，或站或坐。有八仙、菩萨、弥勒佛以及一些叫不出名字来的神仙。村民将其请到身边，不一定只是要他们像保镖和师爷一样护佑自己，内心里起码还有着几分敬畏。广场最靠边的位置有一个四面佛，前后左右，从哪个方向看都会跟他对脸儿。谁能逃过神的眼睛呢。暂居上沙时，遇晴好天气，就来坐一坐，补充身上的阳光，跟神仙交流交流。我定会听到他们的训导，他们定会听到我的独白。

在下沙村行走，经过两个公共活动场所，一曰"下沙社区老干部老人活动中心"，一曰"下沙青年活动中心"，门口都贴着一张纸，上书"服务对象：下沙本村村民"。深圳一向自称包容性强，"来了就是深圳人"，下沙这两张不起眼的字条，或可代表另一种真相：其实很大一部分本地人的心理优越感一直存在，他们的包容乃没办法的事，外来人口太多。有人一辈子也接触不到几个本地人，无从感受那些人的鄙视。如果我现在走过去问，我在这里住，为什么不能进去活动活动，他们一定有无数的理由。不着急，待到长居上沙时，我有的是时间来闲磨牙。我要柔韧柔韧再柔韧，在深圳扎下根的人，谁没点韧劲？想来他们平时也很少被磨。互相多磨几次，结果也许就不一样了。

　　我在上沙居住的这一年，无论做什么事，都要配一点音乐，高低起伏，舒缓急骤，有的欢快，有的平静，有的高亢，有的哀婉。晨光初现，上下沙的村民们在"老街坊超市"附近的一个个摊档购买白菜、空心菜、油麦菜时，我开心地看着他们，背景应该是广东音乐《步步高》；在饭馆吃饭，耳边就会响起《天空之城》主题曲；雨疾，漫天遍野回荡着《命运交响曲》；雨歇，邓丽君的《小城故事》悠然飘过来。一万首音乐藏在我心里，对应着一万种随时变换的场景。乐声中，我行走在上下沙的街道上，不用打伞，路人的伞随时会挡在我的头顶，而我，把音乐披在他们的肩头。

第一村

走进楼村一条小巷，遇一老者，以四川口音问我，怎么走出去？我有些奇怪。他说，已经转了半天，找不到出口了。我回身一指，说，前边就是啦。他点头称谢，匆匆离开。

作为城中村的楼村，老屋与新楼混杂。外圈几乎都是近些年新盖的楼房，无设计感，面目单一；无楼距，最大化利用空间。内核多为原先旧屋，却也掺杂着一些楼房。两种生活再难清晰地剥离。

小巷两旁，一趟趟低矮的小房，高不过三米，青砖红砖，斑驳如皱纹。几个孩子在路中间做游戏，狭窄的小巷使劲往里面挤他们，连欢叫声都只能向上走。大晴天，这里是扎扎实实的一米阳光。有人呆呆地坐在小巷尽头，一动不动，黑白分明，剪影一般。一个戴着头盔的妇女骑着摩托车迎面开过来，周身镶了一层金边。

路边居然见缝插针地停着电单车、三轮车、各种品牌的豪车。豪车玻璃上被插了些广告卡片，抽下来细读，车贷、高价回收二手车、小产权房出售，应有尽有，还都配着插图呢。这种地方停车，必须熟悉路况。不小心闯进来，如同跳上粘鼠板的老鼠，逃脱都难。一辆尚未挂牌的新车在夹缝中一点点挪动，几个人站在旁边帮他看路，倒，倒，倒，停，左打舵……司机探出头来，左看右看，满头大汗。

老屋的房顶上，大多长着一种奇特的植物，短约十厘米，长则半米。干枯者呈灰白色，根根直立，沿着黑瓦列队，一排排，远望颇壮观，似有人精心种植。我在低矮处揿下一根，尚新鲜，见主茎红褐色，四周密密麻麻的叶片更像是小棒，微绿，手感肉乎乎，轻轻一碰，小棒就掉下来。此物曰"棒叶落地生根"（非常写实的名字），喜光，喜干燥，喜排水良好的砂质土壤，屋顶条件全符合。本地朋友讲，该物伤害房屋，要时常割下，但总也割不完。

这种名为"棒叶落地生根"的植物，似乎并不喜欢落地，反而喜欢落在屋檐上。

一些路面干干净净。另一些路面像被炸过一样，乱七八糟，破败不堪。旁边的断垣残壁上，爬满粗细不等的藤类植物，叶片浓绿，在微风中抖啊抖。谁能想到这种地方也有满满的人气。他们或在路上行走，或隐藏在小巷深处。横七竖八晾晒着的制服暴露了他们的职业，有保洁员的橙色制服，保安员的蓝色制服，外卖小哥的蓝色、黄色、绿色制服，义工的红色制服，中介的白色衬衫，等等。挂着串串香、老罗臭豆腐招牌的小车，挂着烤鱿鱼、烤面筋招牌的小推车则是一些人的谋生工具。墙角、门口摆放着扫把、水桶、垃圾桶、毒鼠屋，街边垒好的灶台显示出繁杂的市井日常。

村中的水井还在使用。圆圆的井口上，有一巨型铁盖，上面开小口，正好可容一个小桶上下打水。午后的阳光暖暖地照着。两个大人蹲在那里认真地搓洗衣服。四五个小孩子在井旁打闹，把盆中的水撩向对方。大人厉声呵斥。

问，这水干净吗？答，以前的人还不都是用井水。这水多好，天气热的时候，井水是凉的；天凉的时候，井水是热的。

多少个他和她，淹没在渐渐老去的时光里。

向她竖起大拇指说，不错。心想，井水温度没变，变的是你们在凉热天气里的感觉。但把这种幸福感归为井水所赐，当然也对。

临街店铺透着一股老气。且不说拔火罐、理发店、电动车修理部，即如小超市、饭馆等，从店面装饰到气韵，也都停留在十几二十几年前，店中音箱里播放的，则是《走过咖啡屋》《驼铃》《泉水叮咚响》等老歌。

一处墙面上挂着一张蓝底白字的牌子：《深圳市安全用电十大禁令》，落款为"能源部1990年1月31日发布，深圳市光明供电公司宣"，旁边有一白底黑字的《中华人民共和国电力法》摘抄："第十一条 任何单位和个人不得占用变电设施用地、输电线路走廊和电缆通道"，另一面墙上则是《公明镇出租屋消防通告》，内容共七条，严禁乱拉乱接电线；严禁使用电炉、电热丝、煤油炉；等等。落款时间为2001年8月1日。摸了一下，均为铁牌。二三十年风吹雨打，庄严肃穆、一本正经的样子似仍有效。

一条条街巷中，果树紧靠着墙体，生怕挡了行人走路。没人居住的老屋院墙内，树木要坦然得多。一棵木瓜树上，五六个硕大的青果嘻嘻哈哈地挤在一起，行人举手可得。一棵枇杷树上，珠玉一样圆滚滚的果实已变黄，随时准备掉下来。菠萝蜜直接挂在树干上，只有拳头大，外壳上的硬刺已经提前长全，警惕地四处打量。树下，三只老母鸡在认真啄食，脑袋频繁地上上下下。一个收垃圾的老人坐在旁边拿着保温杯喝水，脚下蹲着一只肥胖的小狗。

我拿着手机拍照，镜头中出现一个端着饭盆的中年男人，精瘦精瘦。他直直地走到我跟前，把我的镜头撑满，一边往嘴里扒拉饭，一边问我拍照干什么。我说要保存下来，万一将来拆掉，就再也找不到这么古香古色的地方了。他用拗口的粤式普通话说，放心吧，一时半会儿拆不掉，一两百亿都拆不下来。这里有这么多古董。

语气坚定，不容置疑。

楼村原住民几乎都姓陈，与上村、下村、西田、圳美、羌下等附近几个村庄的陈氏一脉相承。一种说法：约六百年前，陈氏族人发现此处一片空地，平坦开阔，遂搭建简易草棚养鸭。一风水师路过，到草棚中避雨，陈公以鸭肉款待风水师。风水师感激，言此处乃福地，建议陈公建房以利后人。陈公搬迁后顺风顺水，感慨这么好的风水，以前却被漏掉，干脆取村名"漏村"，意为漏掉的好村子。陈氏后人认为"漏"字不雅，渐改用同音的"楼"字，称为"楼村"，沿用至今。

古村中至今分量最重者，乃一宽约一米、长过百米的麻石巷。麻石为花岗岩之一种，表面呈麻点状花斑，密度大，质地坚硬，常用作建筑装饰、雕刻雕塑等。200 年前以之铺路，可见其富庶。据称此路为当时村中巨富陈仿禹嫁女时所建。时人已逝，麻石路还在承接一代代行人的脚。细雨中撑一把伞于巷中漫步，雨滴击伞落地，沙沙之声，似出嫁的女子弦歌悠悠。

村中另存牌坊、祠堂若干。有的已翻修，如琬璧公家塾，迄今亦两百多年历史，属典型广府式建筑。几间屋子，不太大，外墙上沿雕刻的飞禽走兽和蝙蝠衔五枚铜钱合成的白色图案，迄今清晰可见。陈琬璧自家私塾一度供全村使用，村里众多子弟于此识字，接受启蒙，久而久之，家塾成为楼村文化象征。后来一场大火将家塾的屋顶和屋内的木质材料烧毁，幸整体砖石结构保存完好。经过美颜般的翻修，又有了新的用途。

旧村北片区一栋二层小楼，上世纪七十年代却是村中最高建筑。一个不起眼的牌子至今保留着，上书"深圳宝安公明供销社楼村门市部"。村中老人称，楼村第一部电话当年就安在这里。谁家有事，跑到这里来打个电话；外地来电找人，门市部的人也赶紧去喊。如今小楼已不堪使用，关门上锁，门前终日停着一排摩托车和电单车。

路遇一土著，看不出年龄。他对我说，这些老屋其实还是有特点的，比如说，房子多大，多小，看它房檐上的瓦即可。大致可分为十一瓦、十三瓦、十五瓦等。你看这几间，中间十五瓦，两边十一瓦。一下就能比较出谁大谁小，差距多少。

老人的话有点惊着我了。他若不讲，谁知还有这么多讲究。一个六百多年历史的旧村，一年发生一个故事，算下来，也有六百多个典故了。但又能怎么样呢？即如本地村民引以为自豪的麻石巷，比砖铺的、洋灰铺的、石子垫成的，又能让双脚感受到多少差距？琬璧公家塾，比起仍存留在这个城市里众多的祠堂，又有多少突出之处？它们身上的光亮、曾经的惊艳，注定要黯淡下来，直至消失。

越来越多的租户和外来者，注定更关心租金的涨跌和房屋的使用功能。他们忽略了老故事，又成为旧村里故事的最新书写者。旧屋不倒下，就会有源源不断的故事填充进来，直至淹没了老故事。而未来的新故事能留存下几个，那又是另外一个故事了。

深圳的古村旧村有多种形式，一是因应水土保护，整体搬迁，只剩一方建筑木乃伊，也不拆掉，供游人瞻仰。一是周围成为繁华市区，土著坐吃红利，日进斗金，全部搬到更好的商业小区居住，村中一代新人换旧人，乌泱乌泱，旧屋的荣光与新人皆无关系。

楼村似介于二者之间。这里还有相当数量的土著，古屋的所有证上郑重地写着他们的名字。这些破败不堪，不断修修补补的房子虽租不上价钱，一旦拆掉，就是价值连城。他们手捧着随时可变现的黄金，那种淡定和居高临下，是别人无法想象的。

我们行走于街巷之中时，不断有人打量我们，神情里有好奇，有警觉。甚或询问，你们要干什么？这在脚步匆匆，各自独立的都市里，是罕见现象。擦肩而过时，谁管谁啊。想来，是我们与他们的气质过于不同。我们的穿着，走路的姿势，我们的目光，都迥异于他们。住在这里的人，无论原住民还是租户，身上有共同的气息。他们在路边围成一圈打扑克，他们吸烟，喝茶，聊天，旁边就是一块菜地。分不清谁是租户，谁是原住民。在村外迎面撞见我们这样的人，他们眼皮都不会抬，见怪不怪。但在村子里，有着相对封闭、自我的沿袭，很少被惊扰。这里是他们的生活之地，从不是什么风景。有人大惊小怪把这里当作风景的时候，他们的神经就会跳动，自觉地绷紧身子。

中午在街边小店点了一份螺蛳粉。菜单上标明，口味有多种，若牛腩、若原味、若鱼丸等，另有一种"招牌螺蛳粉"，价格最高。问有什么区别，答曰，粉中放置脆皮、牛腩、腊肉等。问，脆皮是什么？店主解释了半天，也没明白，等端上来，才发现就是烧猪肉的皮，香脆。此种配料，他处皆无。后查资料，知道烧猪是当地人节庆、祭祖时最重要的一道传统美食。楼村烧猪有自己的制作方法，肉猪的品种、配料、腌制、炉灶、烧烤火候等，颇为独到。清明、重阳时被称为"金猪"。出身广西的螺蛳粉添加脆皮，可谓因地制宜，亦可见村中与村外在渐渐地相互渗透，悄无声息中，还是会改变。只要这改变不太生硬，一切都水到渠成。

巷子里的孩子，大多干干净净，清清爽爽，整整齐齐。他们的欢笑和神情，与长辈，与这个陈旧的氛围并不很搭，却有种出淤泥而不染的独特。要说他们全然天然，什么都没染，也不对。他们其实染了，不是被这个村子，而是被村外更广阔的世界。他们是那个世界的延伸，是那个世界的触角在点拨这个旧村。

楼村号称深圳第一村。面积最大，人口最多。据说村子里开一次股东大会，得提前准备好长时间，要通知居住在世界各地的股东，订票、订酒店，等等。上世纪八九十年代，还以农业生产为主的楼村，种植过漫山遍野的荔枝，并以"中国荔枝第一村"自居（也不知珠三角其他盛产荔枝的村子是否服气）。后来无数的新建厂房掩杀过来，荔枝林被大量推倒，这个名号不了了之，但"深圳第一村"的名号还保留着。以楼村命名的事物：楼村花园、楼村小学、楼村湿地公园、楼村市场、楼村老少活动中心……它们在放大着这个地方的"大"。现在改称社区，名字里仍带一个"村"字，逃不掉的宿命。

今日的楼村旧村分为东西南北四个片区，每个片区还有上、下区或一、二、三区。曾有提议将其再次拆分，以便精细化管理，却无下文。吾意，旧村的街巷你中有我，我中有你，紧紧连接在一起，无强行分拆的必要性。走一步看一步或更稳妥。

保留一个深圳"最大"，不在于收纳、集拢和围合，而在于搭建、敞开、交融。外为我所用，我为外所用，这样才能巩固"最大"，扩展"最大"，终极目的则是无声无息中淹没了这个"最"和这个"大"。

皮鞋踩在石板路上，踢踏作响，手抚身边突然伸出来的花叶，颇惬意。两边的墙头上，时不时蹿过一只花猫。正是发情季节，无论公猫母猫，都展现出勃勃生机。走了半天，转过一条小巷，又是一条小巷。寻不到进入时的路径，忍不住拦住一个人，请问，如何走出去。他回身一指，说，前边就是啦。

三围断片

关于停车。

车子在村中没头没脑转了大半圈，停车场不少，五六个，几乎没有停车位。"几乎"两个字，是把那几个明明空着却被板子挡住的车位排除了。终于在一个貌似官方办事机构的门口停下，熄火后很不自信地左看右看。如果从门内走出一个人撵我，该怎么办。吾知，在某些城市（不点名，不代表我心里没有具体指向）则一定有人过来，厉声呵斥，干吗的？走开！他不是爱这个地方，更不可能是有责任心（嗯，我就这么自信），而是在陌生人面前以主人自居，好不容易逮住一个可以训斥的，岂能错过。做了这件事，他会开心一下午。在深圳，这类情况不多，大家普遍的心态是，能与人方便尽量与人方便。走出几步，忽见墙边长长的车龙中赫然空着一个车位。马上跑回去启动汽车，飞快地塞进来。

三围社区（俗称三围村）中，车位贵如油。路边车挨着车，几无缝隙。不经意瞅了瞅车标，名牌不少。有豪车不算什么本事，有一个属于自己的车位才可笑傲江湖。市中心豪宅里的车主，还不是照样因为争一个车位你追我赶，满地打滚儿，尊严全无。凑近看车窗，有的玻璃上尚存强力胶贴纸的痕迹，隐约可见"此处严禁停车"几个字，车主已经试着撕过了，撕不净，留下一片惨白，仿若哭丧的脸。

一辆又长又壮的大拖挂车，正在一条窄路上一点一点向前挪。停在路边的白色轿车，被前后左右的车辆和行人挤压着，本已踮脚、提气、收腹，忽然又来这么一个大家伙，如果会说话，它一定张嘴求饶。拖挂车也是使命在身，并无退路，眼见红色车厢里的司机上下其手，一番操作猛如虎，挂着的大平板在距离轿车车顶仅有 0.00001 毫米处停下了。两辆车无论谁再动一下，一定擦上。我呆呆看了两分钟，毫无进展。走开后，心里还在琢磨，事物皆有结果，我看不到的，时间空间皆停滞于此，对我对他们，都不啬一个好结果。

关于喧嚣。

三围市场门口停着无数的电单车、共享单车、拉货车。无数的人闪转腾挪，从车辆的海洋中翻越过去。他们手里还拎着东西呢，甚至一边低头看手机，一边灵巧地走路。学府路上有一个三围夜市，一个手推车就是一个摊位，都是烤面筋、凉皮、麻辣凤爪之类的小吃，还有麒麟爪！凤爪是鸡爪，麒麟爪是什么古怪东西？定睛细瞧，原来人家写的是"冰镇麒麟瓜"，西瓜的一个品种。夜色渐起时，麒麟瓜的红瓤最先叫喊起来，一个又一个摊位陆续现身。

深圳老城区中，有不少这样的城中村，看着不起眼，一个小门，人畜无害地面对着宽阔马路，进去后却皇皇一敞亮世界。该有的都有，不配有的也有，热热闹闹。村内的街头小店且不用说，如柳州螺蛳粉、武汉热干面、兰州拉面、客家原味汤粉、隆江猪脚饭、药店、烟酒店等，另有一所幼儿园、一所实验学校，好几个颇大的商业综合体，内设超市、网吧、影院、宾馆等。若不抬头望天，只看两边，会以为自己走在繁华的都市街头。

禁 止 占 用
消 防 通 道
生 命 的 宽 度
—4 米—

陆续进驻到城中村里的规则。

楼间距有大有小。稍阔的两楼之间，地面有黄字提醒：

禁止占用

消防通道

生命的宽度

4米

巨大的四行字，仿佛两只胳膊把道路撑开。效果明显，两旁确实无车。走过多处城中村，少见这样的提醒方式。希望他处见贤思齐。

街边公告栏里贴着各类房屋招租广告，价格与福田的上沙下沙和南山白石洲相比，低了不少。论繁华度和人口密集度，三围并不逊色，但住在这里的人，掌握话语权的似乎不多，说话不够大声，只能默默地喧嚣。

其实谁又在乎别人看见看不见呢？

关于前世今生。

社区的后墙上雕着几幅画，将这个地方过去的生活言简意赅地表现出来。画作无奇。将说明文字照录如下：

三围社区位于航城街道南面，东起黄田路，南邻固戌社区、航城大道，西至宝源路，北接机场开发区，现管辖面积约3.4平方公里。三围社区毗邻深圳国际机场，主要居民介于宝安大道与107国道之间，与地铁罗宝线固戍站仅300米，交通便利，地理位置优势明显。2017年，总人口约75000人，其中户籍人口约750户约1500人，非户籍人口24250户73500人。

由于三围社区近海（珠江口），早期的三围人民以渔为生，并围海筑基养鱼养虾，基围人的名称因此而来，养的虾就叫基围虾。解放后，基围人洗脚上岸，后瑞村、草围村、塘边村（即后来的三围村）为三围大队，先后归南头、沙井、福永公社管辖，1988年分为三个行政村，分别为后瑞村、草围村、三围村，属西乡公社管辖。2004年，实行城市化，村改制为社区，隶属西乡街道。2007年7月，挂牌成立三围社区工作站。2016年12月，又从西乡街道划分到航城街道管理。

第二段第一句，从字面意思看，以为基围虾始自三围。基围虾乃深圳西部沿海基围人养殖的著名海鲜品种，非三围独有。它是面上的一个点，而非起点。其实"基围"二字亦非本地独有，多年前，中山、番禺等地的海边也有基围人。近300年的繁衍生息，形成独特的生活习性，统称基围文化。

今日之基围虾，与三围等地仅剩挂着名的牵连。海水渐渐走远，即便市场上仍有基围虾销售，也是他地养殖，辗转运来。近年深圳人口开始外流，三围村很难再达最盛时的75000人，但外来人口仍占绝大多数。他们对这里曾经的出海渔猎、缝补渔网等旧日生活只闻其名，难见其实，无法感同身受。他们当下执掌的与此前截然不同的火热生活，是正在进行时的历史，将来有一天也会被后人偶尔想起，或者装修成木乃伊或者忘掉。

关于地势。

有一段时间，要找一找深圳的奇葩地名，朋友推荐了"三围"。单看这两个字，与女性体貌有关，易产生联想。生活在本地的人天天与之耳鬓厮磨，麻木了，不以为奇。但在村中走一圈，地势高的高，低的低，凹凸有致，甚至称得上妖娆。"三围"村名于此忽然闪了一下。

沿一处台阶走上去，看到一个停车场，汽车是怎么开上去的？一定有另外一条路连通此处，但给人的感觉车是凭空掉下来的，整整齐齐地站在一起，笑嘻嘻地看着你，仿佛说，我们在这里的时间比你长。

顺路前行，左肩处出现一个标牌：三围公园。抬望眼，长长的台阶。拾阶而上，竟有登临高山之庄严肃穆。其实公园就是一个小山包。螺蛳壳里做道场，甚至还打造了一个主题，叫作"自然教育体验径"，一条小路两边设置了数个观鸟台。但闻鸟鸣啾啾，却难见其身，它们应该是被人撵到了更高处。公园顶端平整处耸立大榕树一棵，洒下浓阴近百平方米。时值周末，大妈们在树下跳集体舞，乐声悠扬；小孩子执拍猛打，白色羽毛球在大妈头上飞来飞去。大榕树乃岭南村庄的灵魂，多则几棵，至少一棵。只要它站稳了，它周围的人群也就有了根。

在三围村忽上忽下的路途上，我平视可见别人的腿，别人仰视可见我的后背。土地一下一下颠簸着所有人，不知不觉间，改变了我和他们的身份。

关于信仰。

社区工作站也在一个小山包上，下面则是一座土地庙。二者错落叠加。庙不大不小，三四十平方米的样子。

高约两三米，方形。门廊挑起。门口立着一个一人高的香炉，上书"有求必应"四个字。这里的"应"正确理解是"回应"，为了不扫兴，先回你一句，表示"收到"。事却不一定办。神又不傻，不合理的要求干吗迁就你？若是非分之想，神可能还会让你走路的时候跌个跟头。他的逻辑，妄人永远不懂。

庙的整体红黄相间，与周围颜色反差颇大，却不突兀。其他建筑都降低了声调，做陪衬状。那不是它压迫了它们，而是自身的亮实在挡不住。

庙门紧锁，正对着小路。敞开的时候，里面的神仙正对着路过的行人。对视一下，行人顿觉气力增加。一个人的力量，一是靠自身积累，一是靠外界的输入。在深圳，几乎每个城中村都残存着这种朴素的信仰符号。时事更迭，世世代代的守护神不肯走开。庙的脚下，一对老人坐着歇息。他们喝一口水，望一望远处。这似乎是个暗语，此处为暂歇之地（扩大为避难所），除了神仙，谁也别想久居此地。回家好好过你的日子去。

关于未来。

以热热闹闹的下午向榕树致敬。

宁静的暂歇之地。

一个七八岁的小女孩急匆匆跑来，躲在车后，一只手捂着肚子，一只手捂着嘴，呵呵地笑出了声。一个更小的男孩呼哧带喘地追来，左顾右盼，甚至用询问的眼神看了一下我。我面无表情。再后面，一个白发老太太快步跟上，一手拉住男孩，一手把女孩从车后扯出，朝她后背上狠狠拍了一巴掌，一起向前走去。女孩似乎还沉浸在刚才毫无难度的游戏中，笑得上气不接下气。

村边有一片草坪，未经修剪，给人芦苇荡的感觉，积水在草地上悄悄地摇晃，下面的泥土已被泡透。一个男孩子单腿立在路边的自来水管旁，认真地冲洗手中的鞋底。他踩在了泥水中，如果脏兮兮地回家，估计要挨揍。

城中村的孩童有一些共同特点，即他们很少被娇惯，常常在呵斥乃至打骂中长大，生存能力较强。直接的表述是：这里的孩子没那么金贵。最主要原因或为孩子太多，物以稀为贵，以多为贱，故，孩子们自发（或者说自由）成长的机会就多，其心路历程有点类似多年前的农村孩子。谁能想到深圳这样的繁华都市仍被农耕社会映照着。深圳人当初差不多是最难遵守计划生育政策的群体之一，但在漫长的计生时代，这里又执行着差不多最严厉的计划生育政策。比如体制内的一票否决制，违反计生政策，不要在体制内混了。外来工的罚款也异常严重。但政策有多硬，对应策略就有多么细腻。粤地有多子多福的强大基因，体制内的人只要想多生，总能找到合适的理由。至于外来打工者，在野蛮生长时期，今天这里明天那里，管理的漏网之鱼，找都找不到。这些超生出来的孩子如今扮演着人口坍塌的顶梁柱角色，此一时彼一时也。

在广州老城区闲逛时，强烈感受到和深圳完全不同的味道。前者遍布深扎土地的根须，暴烈的风雨可以将其吹断，但血脉还在土里，固有的气息久久不散。而在三围村，土地上同样遍布根系，轻轻一阵风却可以把它们移走，在另外一个地方重新扎进去。剥离之痛，很快就被热热闹闹地抹掉。在一个地方看到被称为文化的东西，起码得三五十年的沉淀。这里仍是进行时。

三围村里的孩子们，在公园的运动器材上上蹿下跳。在杂货店门口举着一个冰淇淋，仰起头来舔舔，阳光照得他们眯起眼来。他们敏捷地在车流中闪身，无来由地坐在路边大声喘气。他们和多年前农村无人管教的孩子一样，时时处危险中，又凭着命运的关照无知无觉地躲过。如果父母没有出来，他们在籍贯地长大，当然会是另外一个样子。多年以后，他们记忆中城中村里的烟火和拥挤，高楼间狭窄的缝隙，也会成为被怀念的文化之一种，像现在的三围人怀念百年前的渔船。

两者已经截然不同了。

等待拆迁的他们

一只耗子趴在电线上。我刚看到它，它就耸起身子，尾巴翘得老高，仿佛我的眼神有能量，惊动了它。它爬到美的空调后面，稍作休息便蹿到了距其约半米高的窗台上。楼体虽不光滑，但也不坑坑洼洼，它脚上像壁虎一样长了吸盘吗？如果再高一点，它是否能进去？我头一回见到这么敏捷的耗子。窗户半掩着，它轻车熟路地进了那户人家，隔着窗玻璃依稀看到它东闻闻西嗅嗅探头探脑的样子。若主人正睡觉，惺忪间见这么个大家伙，会吓一跳吧。

此地即将拆迁，周围都是面目相似的农民房，墙上挂了很多红色的巨大布条，上书："城市更新是机遇，村民齐心顾大局""共同参与旧改，改善生活品质，造福子孙后代""旧村改造大势所趋,认清形势尽快签约""××区城市更新即将启动,请租户勿盲目续租/转租,避免损失"……

面向大马路的店铺还在顽强地开门营业,潮汕牛肉火锅、永和自选快餐、海王健康药房、喜得乐生活超市、沙县小吃、梅州腌面店……都是左邻右舍日常之消费,只要人还没走完,它们就有生意做。一道砖墙将社区和外面的世界隔开,墙上一道铁丝网,由三条带刺的铁丝组成,做出一副拒人的姿态,看上去又不那么坚决,甚至敷衍。

小区内,一条条窄小的街路上,店面的招牌更为随意,青菜摊和快递收发站干脆连个牌子都不挂,天天敞着门,一看就知道是干吗的。

单看那些楼,都不高,五六层,两三层(太高就没拆除价值了),墙皮脱落,如疮似疤。长时间盯着看,心里好像也生出疤。阳台貌似是住户硬搭出来的,在外墙上斜插几根铁条,上面平铺一块铁板,即为一阳台。空间拓展了,上面可以放些杂物和花盆,但不能像正经的阳台那样改造成厨房或休闲空间。铁条已经生锈,上面还挂着雨后的水珠,亮晶晶,久久不肯掉下去。阳台下面的铁质水管也已经生锈，塑料下水管已经生锈，小小的瓦罐花盆已生锈，楼体上的瓷砖已生锈，到处都是锈迹斑斑。楼和楼的缝隙中间，二楼的边缘地带都长满灌木。南方充沛的雨水怂恿了它们，让扎根就扎根，紧贴着墙皮，枝繁叶茂，和外面公园里的树木一样绿，一样浓。绿归绿，也不怎么干净，或许是被锈迹传染了。

头顶奔跑着电线，墙面上趴着电线，你搭在我身上，我绕在你脖子上。它们自认为条理清晰，外人看上去却是一团缠夹不清的乱麻。靠墙边站着的无数电单车和摩托车粘连在一起，车把交错，车轮交错，远远望去，好大一坨，分不清彼此，想把其中一辆摘出来，必须先把它旁边的车一辆辆重新摆正。

垃圾箱在思考。空气中弥漫着一股淡淡的气味，非油腻，非下水道味，非火烧物品味，我只知道不是什么味，而无法确认它是什么味，给它一个精准的概括。

这个城市最底层的事物都聚集于此。近些年，深圳的城中村环境已普遍改善，平整道路，铺设水电煤气管线，美化外墙立面，乃至衣服的晾晒和单车的停放都有明确规定，居住体验大大向好。很多年轻人特意租住在这样的城

从这些不同颜色的衣服，你能辨认出主人的身份吗？

中村，便宜当然是一个理由，另一个理由是找到了一个近距离接触同龄人的机会。而这个即将拆掉的小区，或许知道自己来日无多，不再搂（平声）着了，一天天委顿下来，姿态懈怠，处处露出破败之相，仿佛时光展览馆，把来客拉回到十几年前。

但它并不突兀。它小，它矮，它弱，它嗓音低微。它被巨大的阴影笼罩。不远处，四座高楼，土黄色，长方形，将天空撑高，白云就在上面飘呀飘。另一边，一个巍峨的圆柱形白色高楼，像棍子一样插在街道的端头。它们碾压过来的嘎吱嘎吱声飘荡在天地间。

标语中所说的"村民"乃原住民，他们一点都不讨厌嘎吱嘎吱声，那是他们期待中的未来。每招一次手，他们的心里就痒一下。有那些眷恋乡土，声称要与老屋共存的吗？也许有。即便有，最终也不过是要个高价。所谓情怀，在这里显得如此遥远和卑微，只能当掩体用。他们盼着拆迁。那个令人心动的过程中少不了谈判，博弈，唇枪舌剑，但总有柳暗花明的一刻。签完字，这边厢兄弟姐妹偷着乐，那边厢开发公司举杯相庆。双赢。

有一个城中村，蜗居着一个画家部落，这些画家在原本乱七八糟的楼体上花了些心思，用各种创意涂鸦将其打扮得花枝招展，漫步小巷，颇有耳目一新之感。不少人大老远跑来参观。当地文旅部门将其列为文化景点，每逢节假日就广而告之，提醒市民到此一游。当地村民不高兴了，有意无意地阻挠。他们不在乎游人消费的那点小钱儿。他们的想法是，此地一旦被官方保护起来，就不好拆迁了。另有一现实问题，上世纪八十年代至本世纪初，建筑市场并不规范，一些楼房看起来漂亮，其实是海砂房，即建设时没有使用标准的砂子，而是大量掺杂便宜的海砂，海砂中超标的氯离子严重腐蚀钢筋，不过三四十年，部分建筑出现楼板开裂、墙体裂缝等问题，也到了非拆不行的地步。

即便如此，拆迁仍非一朝一夕之事。一个不太大的小区内，两个地方挂着"城市更新办公室"的牌子。拙荆供职于街道办，曾借调到一个与拆迁有关的部门，她说，一些临时借调来的人以为干个三两年就完事，结果直到退休再也没回去。辛辛苦苦搜集的各种材料从一个人手里传承到另一个人手里，再到第三人手上，不知最后在谁手中彻底办结。房主散居世界各地，找一个人需要绕很多弯儿。有的老人只会讲粤语，需找本地人翻译。更有的，本来已卖掉，听说拆迁有巨额赔偿，不认前账，跑回来跟现业主闹，跟拆迁办公室的人闹。每天来一次，跟上班一样准时。

万物有风口，初生时享受时代红利，壮大时随波逐流，衰微时四散奔逃。房子一拆，黄金万两曾是天南地北的普惠现实。其后，池水渐消，"利润"越来越低。时至今日（2022年秋），似乎只有深圳上海北京等不多的几条鱼还能在水中遨游。多年以后，后人听说先人的某个时代通过拆房可以大幅改变生活方式，提高生活水准，会不会视之为诡异？

路人大多穿着拖鞋、短衫，彼此保持着一个合适的距离。几条交叉的街道上都不拥挤，又都显得熙熙攘攘。老头牵着一个小孩正走着，小孩突然挣开他的手，趔趔趄趄地向前跑。穿着蓝色制服的保安一边很大声地打着电话，一边弹着烟灰，差点踩到小孩。快递小哥刷地从保安身边绕过去，肩膀和肩膀几乎贴上。楼梯搭在墙外，一个男人拎着一个桶顺着楼梯往上走，如一幅剪影。他的斜上方，二楼有个男人在摆弄什么东西，光着膀子，身上的汗水被阳光照得发亮。卖菜妇女正和买菜的妇女叽里呱啦聊天，非粤语，或为湖南湖北一带的方言。隔着落地玻璃门，可见裁缝店内坐着一个人，呆呆地望着店主，店主手脚并用地低头忙碌。

路边的人有的蹲在石凳上，有的靠在墙边，有的则斜躺在椅子上，都盯着手机看，对经过的人熟视无睹。

居然还有"便民服务一条街"，招牌下面备注"修补雨伞 修补衣物 修补鞋类 修自行车"，真有一个补鞋匠，手里举着一只鞋，对着阳光在研究。旁边也真放着两把破伞……

此时此刻，如果有一个人大喊一声"停"，全部人等静止下来，不啻一幅生动的"拆迁社区上河图"。

空地上见缝插针地停着各种各样的车子。三轮车，上书"西安凉皮""面筋王""老罗臭豆腐"等，一辆小车就是一个生意店面，一家的收入；手推车，敞开式车厢里装满捡来的纸壳子、塑料瓶、易拉罐和带着钉子的木板；两辆共享单车，入口处明明写着"共享单车不得入内"，也

标语上的风吹草动。

标语下的芸芸众生。

不知道它们怎么跑进来的；带斗篷的电单车，此为深圳特色，即普通电单车上加一个盖，平日遮阳，雨天避雨。蓝色，有点像"蝙蝠侠"的披风。主人多为拉客仔，偶有自用。多年前此物初现，我所在的报社记者以之为奇，写了一篇报道，语带调侃，称其为"蝙蝠侠"。总编生气地说，他们算什么侠，都是违法乱纪的人。这四个字可能有点大，但官方确实是反对私自加装的。在路上走着，突然飞过去的电单车，尖锐的斗篷边缘很容易刮到行人的肩膀甚至眼角，想想还是有点可怕。

一条条绳子上整齐地晾晒着各色衣服，制服占比高，尤以清洁工的制服为最。居住者的工作性质可见一斑。

小区里居然还有几个工厂，宏利泰数码科技园、友友塑胶厂等。不断有人进进出出。从招牌的字体和颜色上看，也有些年头了。

墙面上随处可见这样的通告：

××区旧村各住户：

为深刻汲取长沙市自建房倒塌的重大安全事故的惨痛教训，加强房屋安全管理，确保人民生命财产安全，经研究决定，从××年××月××日起××区旧村进行围合式管理，人员及车辆进出围合区域须持××社区与深圳××房产公司联合签发的"通行证"进出。

请各住户在××年××月××日前，前往××街道片区城市更新现场指挥部办公室办理"通行证"；对于非法占用／违规居住／滞留人员等，指挥部将拒绝办理通行证。不便之处敬请谅解。

下面是办理地点和联系人电话。

这个具有人文关怀的通知，似乎也有点变相撵人的意思。事实上，已没多少原住民住在这里，他们早搬到了更好的地方。房子都租给了所谓的外来人口。这些房子拆掉，原住民赢，开发商赢，租户输了吗？也不好说。

整个社区的建筑和环境都放飞了自我，东倒西歪。里面的人却若无其事地生活着，展示出原始的野性和勃勃生机，起码表面上看不到那种叫作"愁苦"的东西。世间并无天塌下来的大事，愁苦是生活的一面，"懵懂"也是一面。他们沉溺于眼前的忙忙碌碌，根本顾不上什么"愁苦"，前脚掌踩着前面的后脚跟，互相碰碰触角，继续赶路。这种无所谓，让他们从那种想象的程式化大情绪中跳了出来。

整洁的城市因他们而忽然一亮。

从功利角度讲，也没必要烦心。此处不能住，自有其他地方住，偌大一个城市，还愁无法安放被褥和行李箱？夜宵吃完有早茶，明天的太阳如果不出来，他们还可以打道回故乡。这些年虽然大量人口流入深圳，但也有大量人口在流出。疫情期间，流调人员拨打电话，对方常常答复没在深圳住，已回云南、广西、江西等。再问，已经退掉出租屋，不准备回深圳了。某个街道，人口常年稳定在八十多万，如今还剩六十五万。没有户口的人太多（有的社区户籍人口才一千多，常住人口达到五六万），他们说来就来，说走就走，并无心理负担。这里既是他们的家，也不是他们的家。他们成为这个城市的流水，能否凝固于此，还看水泥的粘连程度。

我在这几条街道上闲逛，自己都感到严重的气质不合，拿出手机拍照，会引起警惕乃至敌意。经验告诉他们，拍照代表着官方，代表着各种取证，隐隐和他们利益对立。他们的自由自在是自我的、封闭的，不会同化别人，更不会像表演一样带给外人感动或感慨。他们也是敏感的，那种敏感不是文艺的，而是自卫式的。某种意义上，这里不仅仅是几个闹闹哄哄的交易场所，几个店面，几个租房户，而是一个自成体系的小社会，一种自洽的生活方式。将其拆掉，其实相当于拆掉了一个小社会。

但这种小社会一定值得保留吗？谁也不知道。当事人都不知道，甚至不关心。

蚂蚁的窝被水冲毁之后，这个长长的神秘洞穴，耗费了它们大量心血的洞穴就彻底废弃了。它们远赴他乡，换个地方从头再来。人类当然也有过这样的选择，但他们多数时候更像树木和青草。一个地方原来荒芜一片，只要一棵树，几棵草种下，在此地萌发长大又枯黄，便会形成生长惯性，种子会在原来生长的地方重新发芽，一代代繁衍下去。地震把一个城市毁掉，人们眼含热泪埋掉亲人，平整土地，在原地盖房，并且盖得比原来高，淹没曾经的故事和爱恨情仇。新房子不会为旧房子背书，看不出彼此的关联。夜半时分，古老的根须会悄悄行动，收集渗漏下来的新鲜事物，变成营养输送上去。新楼房被盘得油亮而不自知，还以为全仗自己力量强大呢。

　　同一个地方，草房变土坯房，土坯房变瓦房、石头房，再变砖房、水泥房，再变高楼，新楼房又逐年变旧。人们一代代在里面生活，绵延不绝。某个晚上，挖掘机悄悄开过来，这些曾经新鲜的高楼大厦轰然倒塌。彼时，里面的人去哪里住？另，这样高度的楼房还值得扒掉在原地翻盖吗？如然，岂不需要更高，否则成本都不够。但是，那时的人还在乎成本吗，其成本概念乃至价值观还和现在一样吗？若干年前，胡椒曾是硬通货，唐代宗抄了贪官元载的家，其家产中仅胡椒就有八百石，约合六十四吨，以今日角度看，那么多胡椒根本吃不完。其具金融属性，时人都买账。就像现在的房子一度被用来投资，以后房子的成本和估值变了，时人以何为最高价值呢？

　　小区旁边有一条小河，两岸的扶桑、凤凰木、火焰木、小叶榕，纷纷探头往河里看。河水曾经哗哗流淌，后来发黑发臭，黏稠的水上漂着塑料袋和辨不清面目的垃圾。后来又变清，潺潺流水，清澈见底，偶尔有几条罗非鱼傻里傻气地摆尾向前，将水搅浑。两岸的树木往河里看了多年，终于看明白了，却极少有机会与谁分享。偶尔一两只白鹭呼扇着翅膀飞到树上，晃晃悠悠地听树木讲话。它们说的那些，白鹭承受不起，听几句就展翅飞走了。过两天好奇心起，又飞过来听。而就在刚才，我看到河水快干了，不怎么宽的河道，分出若干条支流，大鱼没了，还剩一些小鱼，费力地挣扎。它们在喝最后一口水。等河水蒸发完，它们也该藏到地下去了。白鹭没有食物了，靠听故事果腹……

II 云中所见

起飞，深南大道

车辆行驶在深南大道上，如在深山谷底。前方，天空开阔，蓝得扎眼，白云彩镶着黄金边。两边的高楼大厦垒起堤坝，错落有致，谁也不肯当最低的那块木板，以免漏气。所有的旁逸斜出都在意料之中。即或曾烂尾二十多年今已正常使用的两座土豪金大厦，亦不显得突兀，更像一种丰富。单独打量一座建筑，堪称奇形怪状，将其综合在一起，就是一幅和谐图景。

巡视。我是巡视者。接受检阅的士兵们，绝不像真正的士兵那样面目统一，抹杀了自我。一路走过去，都衣冠楚楚，有名有姓。中兴、德赛科技大厦、创维、TCL、58同城、联想、飞亚达、迈瑞、华润置地……太多傲娇的熟悉的名字，无私交，却与有荣焉。好像自己可以随时站立其间，成为它们中的一员，让别人仰望。

深南大道乃笼统的说法，准确称谓似为"深南路"，包括"深南大道""深南中路""深南东路"三部分，分别对应南头关至皇岗路段、皇岗路至红岭路段、红岭路至沿河路段，全长二十八公里。但没人会去纠缠此细微差异。他们只知踏上这条路，便可从深圳东部一竿子插到西部，与更西部的宝安大道无缝连接。漫长的一条路堪为城市发展的探索器。现代意义的深圳发轫于紧邻香港的罗湖，建高楼，开工厂，吸纳外来人口，由小变大，由细变粗，跟着深南大道一路西扩。深南大道的触角延伸至何处，何处便生机勃勃，长出一片新绿。名字可以随地变换，路始终没断。四面八方的路汇集过来，一条干流和若干支流，血脉相连，越来越丰盈，为整个深圳输送养分。

深南大道单向一般四五条车道，最宽处可达三百五十米，单向赫然九车道。九辆车并排朝一个方向行进，想想是什么场面。其宽，尤体现在隔离带和辅道上。深圳多社区公园，不求高大上，但求小而美，见缝插针，一块几百平方米的三角地，种树种草，修亭设凳，引水成溪，便成市民休闲地。这些小公园总数已达一千四百个，连接成

深南大道的意义，不在于连接，而在于延伸。

片，好像整个城市都在公园中。深南大道若干隔离带中树木林立，缀以雕塑小品、石凳等，有人行道连接两侧，行人可自行按键决定红绿灯，入内小憩或锻炼身体。虽无公园之名，却具公园之实。辅道亦堪比小公园，尤其园博园（全称为深圳国际园林花卉博览园）周边，辅道十几米宽，密植散尾葵、木棉、火焰木等，施之以足够空间，在场各位撒开了生长，无论是平方面积还是立方体积，起码比外面的同胞兄弟阔大百分之二十。人在树下行走，肩膀上搭着绿荫，神清气爽。锦绣中华民俗村附近的人行辅道上，从外到内层次分明，依次为大王椰、榕树、竹林、竹林中夹杂的紫荆花。站在过街天桥上，紫荆花树高与人齐，可以闻到浓郁的花香。深圳市花簕杜鹃（又名三角梅、九重葛、叶子花等）本为藤本灌木，自身难以长大长高，被园丁刻意绑到面对深南大道的树木上，乘车经过，好一条长长的、粉红的幕布！不是铁板一块的无杂色粉红，而是断断续续的，却又让你感觉得到气韵的连贯。这是深圳的底色，要鲜亮，要出人头地，还不具有攻击性。你只看到它的美，不会因它而压抑。

每个城市都有一条道路，可以挑着整个城市向前走，恰如长安街之于北京、南京路之于上海、春熙路之于成都……它不一定最长最宽最美，却一定最具指标意义。它出发的地方就是这个城市的起点，它的身形昭示着这个城市的当下，它的远方暗示着这个城市的未来。它具有唯一性、排他性。在深南大道之外，还有大量的城中村、祠堂、池塘、荔枝林、狭窄的街巷，它们举着自己的旗帜，胳膊上标着"深圳"两个字，也在按部就班地行进着。也许有一天它们和深南大道合流，也许变成另一条路与之对峙。谁知道呢。

女儿小学六年级最后一个学期才转学来深。开学一个月左右，老师出的作文题目是描述深南大道。她写了一句"深南大道是什么东东？我是长春来的，那里最宽阔的马路是人民大街"。老师甚包容，批了一句话："深南大道是深圳最漂亮的一条路，请爸爸妈妈有时间带你去体验下。"

其实女儿到过深南大道。我深漂第一年，孤身一人租房住。暑假期间，妻子和女儿南行探亲。为把深圳最好的一面展示给她们，我带她们在深南大道边上的一家饭店吃完饭，然后到对面的世界之窗游玩。那天真热，走出一身汗，一家人躲进名为阿尔卑斯山大型室内滑雪场的地方，歇了好半天，透心凉。但是女儿忘记了，或者没有和这个地方对上号。再多美景美食也掩不住分离之苦。

那段时间，我还拜访了一位前辈。听说我住在宝安西乡，他感慨道，他的生活范围就是深南大道报业大厦附近，西乡太远了。我告诉他，并不远，开车不过半个小时。他说的远，是心理上的距离。但他频频摇头。他先我十几年来深，从里到外透着老深圳的气质和土著的底线思维。而他说的报业大厦，最初我需仰望才见，想象宽阔的办公格子间里，行走着出口成章、满腹经纶的妙人。

购车多年，有时还特意选择乘坐公交车逛一逛深南大道。我家附近有一双层观光巴士，始于宝安客运中心，终于深圳最著名的海边沙滩——大梅沙，全程经过深南大道，约两个小时。原名观光 1 号线，现改为 M191 路。我的居住地曾被称为"关外"，是深圳的后背，而深南大道堪称深圳的对外面具，我和它有着天然的隔膜。这条冰凉的蛇，我得一遍一遍地在上面行走，用车轮和双脚触摸它，才能感受到它的体温。

此处有专设的公交车道，一路畅通，比私家车快，视野也好。隔离带中的绿植差不多按季更换，忽然红变黄，忽然粉变蓝，皇皇满眼，每逢重大节日亦焕然一新。十多年前，此举曾被市民批评浪费，引发讨论。近几年听不到这些声音了，或许知道说了白说，心灰意冷；或许批评被消声，只闻赞美；也或许，认为这样还不错，城市漂亮不是罪。一件事情的三个指向，如同凳子的三条腿，坐在上面的身子被稳稳撑住了。

公交车上的人越来越少，一辆辆空荡荡的绿色大巴在大街小巷盲目地跑着。大趋势后面自有复杂道理，或选择日多，地铁私家车顺风车出租车，或者人口也开始慢慢减少。深圳户籍人口自然仍在增长，但亲身感受是没有以前热闹了。

坐在公交车上打量两侧的建筑，一个一个张着嘴，话语凝固了，我能看清那些语言。它们在争说自己的身份，那个单位，这个驻深办事处，另一个某某总部，都是个体的，互相之间无逻辑关系，身后却连接着深圳之外的众多人物和事件。我在高处亦看到这争奇斗艳之外的一点内在关系，如世界之窗、锦绣中华、欢乐谷、何香凝美术馆以及若隐若现的若干事物，其实都是华侨城集团的，它们

灯光明灭，深南大道却始终醒着。

凝固的路人。

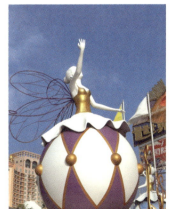

连接成片，形成深南大道两侧的景块。世界之窗门口总有那么多人晃来晃去，拿着手机互相拍照。醒目的招牌上隔些日子就换一次内容，世界各地的马戏团、乐队等表演广告。配图或照片或漫画，大开大合，视觉夸张，扫一眼就莫名情绪高涨。而旁边的锦绣中华，门口通红的牌楼，竖立在绿化带中的大鼓做成的广告牌，又是另一种景象。各自内有乾坤，外在却也相辅相成。

夜晚时，这几处乃深南大道最灿烂的所在。整条路都偏于暗淡。无尽的树木把白天的光吞下去了。路灯倒是不少，每盏灯都抱住一点黑，组成一片灰黑的天地。汽车的灯光因而显示出来。一个个小红点连接成一片汪洋。路边的人虽然低矮，却也如出水石头一样明显、明确。有人在路口拿着话筒唱歌。有人坐在路边吃一根雪糕。妇女背着孩子向路人乞讨。几个戴着安全帽穿着工装的人整齐地向前走，公交车缓慢前行，跟着他们的步伐，一起走出好远。回头看，他们还在走，也不知道什么时候是个头。产生一个奇怪的想法：如果路上的车都消失了，大家全部步行，还需要这么宽这么长的路吗？路上会长草吗？

前些年每逢周末可以去香港购物，对商场中的冷气刻骨铭心。入室，汗毛一耸，一闭，然后狠狠地趴在皮肤上。一边打哆嗦一边偷眼观瞧，见服务生面不改色，浑身上下写着"恰恰好"三个字。深圳的公交车好像学来了这一招，也把冷气开得极低。有的退休老人拿着身份证免费登车，一边看风景一边享受冷气。天冷人少，天热人多。一两个小时后，踏出车厢，闷热的空气包围过来，浑身一暖，感觉这闷热也不是不可接受，它和冷气中和出一个恰恰好的小宇宙。

站点亦是一风景。深航大厦站点仅站台就分为三段，长上百米。竹子林公交站前后两排，数不清有多少路公交车在此接驳。站点名称也不像其他地方那样对称，一侧公交站点叫广电大厦，另外一侧叫投资大厦，路两边是两个世界，虽然天天面对面看着，但谁也不愿意为其背书。

在深南大道这条河流上漂浮，时有永无终点之感，不免惶惶然。靠岸、出水，与两岸附近的事物打个招呼，脚踩在地上，心里踏实些。

华强北是深南大道上最显眼的地块，以赛格电子大厦等建筑为原点，向外辐射。看每一栋楼都需要仰头，脖子发酸。这里一度号称"中国电子第一街""亚洲最大的电子产品集散中心"，商铺林立。多少人从四面八方赶来，刚刚站定，还没明白怎么回事，大把大把的钱就砸在头上。不需要太多的智力，风口上的猪个个都会飞翔。彼时一提到某某在华强北做生意，脑子里立刻蹦出两个词：忙碌，发财。一夜暴富的年代令人神往，转瞬而过。回首那些日子，有点亢奋，有点虚脱。今天坚守在这里的人，不得不回到最初的辛劳。即使疫情严重，仍有无数平板车来来往往，擦肩而过。快递小哥争分夺秒地把这些耳机、充电宝、穿戴设备、电子烟等运往四面八方。夜晚的大厦里，很多灯还瞪着眼睛。一眨眼，一个人就消失了。

有一年，赛格电子大厦这座著名的建筑突然摇晃起来，成千上万的人跑出来。街路上人头涌动，密密麻麻，仿佛末日大片。后经专家测绘、研究、论证，给了一堆听起来头大的解释，不外乎两个字：无事。惊慌失措的人们纷纷回到办公室，继续忙忙碌碌，华强北像什么都没发生。从楼下经过时，我想，如果是我，还敢回去吗？还敢坐下来和客户喝茶聊天吗？还敢趴在电脑前一笔一笔地计算业绩吗？结论竟然是"敢"。恰如亿万蚂蚁抱团过大江，自身的喜怒哀乐悲欢离合在洪流中全被碾压不见，疼痛和恐惧也因急速旋转而被甩出身外。

往深南大道深处去。南山区有一个深圳湾生态科技园，很庞大的样子。在楼栋之间行走，猛烈的穿堂风吹在身上凉飕飕的。写字楼的门口大多挂一个"导航图"，写着各楼层公司的名称，几乎都带"科技""金融"等字眼。公司名称时常更换，铁打的营盘流水的公司，沦为炮灰者不计其数。有的重新爬起来，有的再也不见，成为别人的养分。想，自己的孩子将来在这里工作，应该挺好吧，高大上。忽又觉得不好。

这些楼棱角分明，和住宅楼有显著区别，可以用所谓的时尚来概括之，却明显感觉到它们缺少温度，上上下下都坚硬。建筑与雕塑语言类似，圆润以近人，尖锐以拒人。许多后者，或为刻意强调创业和工业属性，与日常生活剥离，让生活回归到另一个空间。

这个地方，平日里找个车位都很难，一堵一条线。年轻的肩膀时不时碰撞一下，脚步川流不息，不断被车辆隔开，随后又汇聚成一股。春节放假时，则变得空空荡荡。人行其中，不由得恍惚，真的曾经有过那么多人吗？建筑

道路记录下所有的繁华与衰败。

们纷纷凑过来，希望汲取一点体温，但一个人怎么温暖得了这么多的钢筋水泥。

白石洲和大冲。后者已成高楼大厦，前者即将变成高楼大厦。这两个由村民握手楼组成的城中村，躲在城市一隅，寂寂无名，亦无什么梦想。深南大道摇头摆尾地跑过来，轻轻的剐蹭即令其蝶变。旧楼房轰然推倒，一个个被动拆迁的亿万富翁脱颖而出。这些城市的湿地，注定要被渐渐硬化。有一次和妻子在大冲林立的楼群间走累了，在一个临街饭馆各点了一碗面。坐下来吃，总觉得心虚，好像对不起老板。

去年冬季的某一天，我在深南大道上走了两个来回。共计 9 个小时，其间开车 80 公里，骑行 15 公里，步行18000 多步。走走停停，停停走走。我在辅道上擦汗、发呆，在树下歇息，等待大片的叶子落下来。我爬上一座座过街天桥，看车流滚滚，想象自己刚才开车经过时的样子——我噘鼻子了，晃肩膀了，还是皱眉头了？一个人，绝大多数时候的行为都是下意识的，跟着感觉走，回头一望，不知怎么走到了现在。天桥上的我和车中握着方向盘的我，同此凉热，处境却是天壤。我自以为通过这样的接近可以和深南大道彼此渗透，直至交融，此时才发现它根本无视人间悲欢，以万物为刍狗（包括它自己）。

这么多年了，深南大道几乎一直在修，始终没完工，或是修地下管网，或是修地铁，或是辅道上突然鼓起一个包，不知所以。每次都要占用好几条车道，汽车开着开着随时准备并线。是钱多得没处花了，还是人们很难一次想明白，过一段时间发现哪里不对，赶紧修正？大家都能看到的是，深南大道像个自己做不了主，随时被打扮的女子，越来越漂亮。

可能恰是这种漂亮，将使得它泯然众城。多年以前，城乡二元，高楼大厦代表着繁华和另一种生活方式。城市是这个国家很多人一辈子奔跑的方向。他们起于微末，长于荒草之间，不肯屈服于造物。他们走啊走，一旦上岸，便可笑傲乡里。那些令人向往的城市，如今在布局和单体设计上互相抄袭，面目趋同。后人总比前人更能折腾，所有的硬件奇迹都会渐渐成为理所当然。再往后，你一手拿着望远镜，一手拿着放大镜都找不到立于鸡群的鹤。所有的所有，不过一只漂亮的鸡和另一只不太漂亮的鸡之间的区别。曾以豪华和尊贵为主打的上海宾馆已然老去，没人注意到它；孑然傲立的地王大厦和京基100，也只是个头高点而已，不再让人眼前一亮。

这些沉重的事物一件一件积压在深南大道上，必然生锈，深南大道想飞也飞不起来。而贴在这些事物上面的故事和记忆却始终招展飘摇。上一代人的记忆，我们这一代的记忆，我女儿的记忆和联想……后面的故事覆盖了前面的故事。这些记忆像随时更新的细胞，反而成就了它的生命。它老老实实地趴在那里。它因为记录而和这个城市同在。它不需要什么表情。它不需要温度。它不会变老。

我要和深南大道发生点什么故事，也得靠我自己的主动。虽然我真实的飞翔只是它放飞的影像。

无论如何我都愿意。

离地三五米

在廊桥上行走，踩着的是空，但感觉像踩在地面上一样踏实。这是其高度决定的。高一点则飘忽，低一点则凝滞。此处恰恰好。

眼睛比脚收获多。姚明和曾志伟眼中所见是两个世界。站在廊桥上，生发了一个与姚明更不一样的世界。可以看清每一片树叶的脉络，脉络上更小的线条。在地面上时，雨打树叶沙沙响，只闻其声，此时得识真面目，心里一动。它们真生动。尤其喜欢凤凰木的羽状叶片，清秀，似乎可透视，又能实际遮阴，长相最不具攻击性。春天，黄花风铃木盛开，亮黄的拳头大的花，一朵比一朵柔媚，触手可及，手指头上沾满柔媚。

若非廊桥，哪有这种机会。

脱离地面三米五米，应该离天空近了，实际上它显得更远了。它有自己的规则和逻辑。进一尺则推开十米。这高阔让云和风都显得干净。云彩不是一团一团，而是一整块巨大的棉花，无边无沿，上边割开一道一道不规则的蓝色缝隙。偶尔一两只燕子矫捷地飞过，像是由它们划开似的。有人在桥上的花坛中插了小风车，海风不停地吹过来，它呼呼地转，多看一会儿，有点眼晕。

这是在海边。一只白鹭在水面上飞啊飞，它不敢向大海深处去，白天站在岸边的石头上，晚上应该是歇息在树上了吧？这么多的树，樱花、木棉、红花玉蕊、蓝花楹、乌桕、枫、棕榈……总有一种适合它。

深圳宝安国际机场距此不远。飞机一架接一架地在上面掠过，莫名其妙地忙碌。好在并不吵。航道下面的广深沿江高速大桥瘦成一条线。傍晚时，夕阳会把它们连在一起，一上一下，互相映衬着。一幅绝佳的画。

桥中间隔一段距离就搭一个凉棚，遮雨遮阳。行人可以坐下来休息，刷手机，整理刚刚拍完的照片。整个桥面并非一马平川，或有意凹下去一块，或有小小的坡度。拐弯处的风景各不相同，明明在桥上，却有种行走于街巷的丰盈。láng，这个读音本身生硬，吾不喜，但一和"桥"连读，就有了极多的可能性，又岂止"浪漫"一个词可以概括。

桥上有数个步梯连接地面。若树间，若草坪，若红绿灯，若办公楼入口。它们既是目的地，也是暂歇之地。步梯有平缓的、稍陡的，有宽有窄，有高有低，颜色形状皆异，像是暗示你抵达的地方不一样。

那平直的人行道就是地面了。在廊桥上走过以后，发现上面才是捷径。下面的道路相互连接又远远绕开，它们缠绕的事物太多。相形之下，廊桥的丰富是自带的，地面的道路即便丰富，也显得被动些。

从人行道上可以继续往下走。下面还有一个通道，可到达附近的停车场，商业综合体的小吃城。或者，你就在地下道路里乱走，如游迷宫，总有想不到的雕塑小品、花花绿绿的墙体迎面扑来。可拍照，可停下细细打量，所谓曲径通幽也。

在更高处航拍，可见廊桥、人行道、地下通道相互连通，层层叠叠，颇类都市里的梯田。

资料如下介绍之：

全长 2 公里的宝安滨海廊桥，是全国首座空中、地面、地下"三位一体"的复合式城市绿廊，也是一种新的生活方式——外面看，她是一座桥，里面其实是一座城，这是深圳市首个集交通、生态、观景、艺术、运动、社交等城市功能于一体的创新城市线型公共空间。

这种地方，人不宜太多，也不宜太少。如何恰恰好，我也不知道，凭感觉。

周末和节假日，路两旁的停车位上整整齐齐都是车，五颜六色，黑白居多，无一空位。附近的停车场并不少，但总有一两个不守规矩的，或者坐在车上看手机，或者慢悠悠下车，车上车下的人指指点点地说着什么，后面以为只是车多，都认认真真等，堵成一个条状。站在廊桥上面看得清楚，其实就是前面那一个没修养。穿着制服的保安员呆呆地看着，也不指挥一下。儿童游乐场里，尖叫声此起彼伏。黄色的"滨海趣生活"小挂车上，坐满了两岁至十岁的孩子，他们手里拿着鼓掌用的塑料拍，一下一下地拍着。小车慢悠悠地往前走，也没有轨道，在拥挤的人群中，胜似闲庭信步。

远处的海岸线上，已然坐满人。他们向着大海，一排排背影，仿佛久久不动。他们不可能不动，但距离越远，那行动越隐没乃至不见，恰如时间打磨掉了每日的酸甜苦辣，只剩下单线条的上学、结婚、工作和去世。再以后，似乎这个人根本没存在过。

　　红绿灯前，年轻人端着奶茶，把外套搭在胳膊上，露出里面鲜艳的衬衣，或者穿着唐装汉服，或者动漫角色打扮，顶着貌似突然炸开的头发，在路口等待。以前节假日是穿新衣戴新帽，现在则是以更丰富的形象向节日献礼、致敬。时代更迁之一斑。

　　我喜欢在平常的时日到廊桥行走。桥上人非常少，站定，海风略带咸味，前后空荡荡，头发飘动，竟有些许荒凉之感，仿佛置身沙漠中。海与沙漠于此交接。偶尔一两个人在人行道上走过。一上一下，擦肩而过，却是孤旅不见孤旅。

　　路边的木质长椅上坐着两个人，戴着帽子，看不清性别。久久不动。是真的不动。他们互相认识吗？在发呆，还是在偷笑？从上往下看过去，略歪斜。我只有站到他们

（她们？）最正面的上方，才能与之平齐。但我没找到那个"点"，担心调来调去惊扰了他们。多难得的"不动"啊。

三个外国人。两个年轻家长带着个洋娃娃一样的小女孩。小女孩蹦蹦跳跳，在廊桥的花坛边跑来跑去，还要试着爬两侧的护板，被妈妈呵斥下来。看长相很像俄罗斯人，家长跟她说的却是英语，我只听清四个单词："If you want to …"忽觉温馨又清朗。

廊桥上搞了一次摄影展。照片放大后，颇能撼动心弦。照片挂在桥两边，边走边看，都是熟悉的风景。有高楼大厦，有古旧祠堂，有日出时公园里的舞蹈，有流水线作业，还有花草树木，拍摄者也都是我熟悉的人。想着他们当时的触动，想着他们如何默默将心中的视角化为作品。经过的人无需都停下来细细打量，有一两个人足够。我写作，出书，与此共情。

有一天傍晚，我在廊桥上看到一个小伙吹萨克斯，旁边放着一个音箱。他裤腿高挽，光脚穿皮鞋。低头，抬头，左右摇摆。乐声在桥面上铺陈开来，偶尔走过的人看他一眼，若笑一笑，他就吹得更起劲。我拿手机一直对着他拍。他吹啊吹，直接对着我一个人吹，生怕我走似的。

我怎么会走呢，在深圳难得见到几个街头艺人。我们的擦肩而过，已经擦出了体温。一曲毕，他向我点点头，我向他点点头，感觉这十分钟都没有白过。

有了这些互不相干的人，廊桥就生动了，没日没夜地爬行，甚至跳跃起来。

廊桥是条线，它周围一个个建筑物将其扎实地钉在地上。若无这些"点"，廊桥便成了漫无目的四处乱撞的瞎子。

欢乐港湾东岸商业街区和西岸商业街区算得上整个区域的核心。有手机体验店、汽车展示店，有不计其数的饭店和网红书店钟书阁。我们时常去的饭店是海南椰子鸡。深圳几无本土饮食，椰子鸡勉强搭点边儿。钟书阁里面的图书摆布精巧，以其为背景拍照，仿佛置身万花筒中。在此闲逛，不管爱不爱读书，不买本书自己都感觉不好意思。敝人一年间去过四次，买过四本书，其中一次还是买了自己的作品集。

深圳滨海艺术中心，应该是个剧院吧。2022年12月初，同事送我两张话剧票。是我们非常期待的一出剧。偏

仰望与俯视。

巧疫情肆虐，妻子和我先后中招，票作废。站在这个剧院门口，想着以后一定还有机会走进去，不过那时踏入的已是另一条河流。

图书馆。巨大的波浪形外墙，或是要呼应附近的海面。馆内明亮干净，颇多港台书籍，地域特色也，毕竟此处距离香港不超过十公里。犹记某年在图书馆搞读书月（深圳将每年的十一月整月定为读书月）启动仪式，开场不是领导讲话，亦无宏大场景，而是一个小朋友蹦蹦跳跳地上台，妈妈在旁边以手遮唇，嘘了一下，说"公共场合，安静"。很喜欢这种从小处着力的态度，某种意义上也是深圳日常写照。图书馆几乎天天都有文化活动，吾一年也要来几次。外地朋友来，都带他们到此一游。一个读书人对图书馆的感情，不仅仅是借书和还书的关系，更是相互观照。

摩天轮。我常将其喻为巨人的手环。它转得很慢，一圈下来大概需要四十分钟，远远地看着，感觉不到它在动。这个巨大的家伙在任何镜头里都是主角，坚决抢镜。附近的前海开发区被视为深圳未来之地，新的增长点。漂亮的边界公园里有一块巨石，上书"前海"二字，名"前海石公园"。各级领导视察，站在石头前，抬望眼，看到巨大的摩天轮，以为是前海，其实是宝安中心区，并不属于狭义上的前海。但以后也许就是了，一切都在变动中。

壹方城。一个巨大的商业综合体，堪为宝安区最大最全最傲娇的标志性建筑。深圳经济特区从建立到2010年，一道道关口将大深圳区域硬生生割开，关内是经济特区，关外不是。关外打车用绿颜色的"绿的"，关内用"红的"。红的可以出关，绿的不可进关。宝安区属所谓的"关外"。工厂林立，城中村里人口密集。一度脏乱差。这些年，关口取消，基础建设向低洼地带倾斜，原关外甚至有那么点后来居上的意思。壹方城尤为标杆之一，福田南山的消费者特意乘地铁来逛吃逛吃。渐渐地，整个城市内部只剩下地名的区别。

几个装修豪华的星级酒店。其中一个门口有一喷水池，池中有一个白钢筑成的雕塑，游人站在水池前拍照，如同身插双翅。不断有人站过来。

另有区政府大楼、体育场、青少年宫以及第五大道、深业新岸线等住宅小区。

滨海文化公园。除了有一个门，你甚至无法分辨哪里

有人对此处表示熟悉，另一些人则感到陌生。

是公园之内，哪里是公园之外。紫蝉花、月季、美人蕉、碧桃、夹竹桃……一年四季的红红绿绿，牵引着整片区域走过春秋冬夏。

即使没有廊桥，这些建筑也声气相通。有了廊桥，它们可以更理直气壮地说"我们是一个整体"了。

不足处，整个区域的生活味道并不浓。明明有饭店有商店，廊桥上下也有自动售卖机，仍感觉不到生活之便利。它们和它们还不是一个整体。与老城区的烟火气相比，这里更像一个旅游区。我很担心一直是这个样子，期待它在烟火和干净整洁、潮流时尚之间有一个平衡点。深圳街头巷尾常见的"隆江猪脚饭"，在这个清爽的街道上变成了"鲍鱼猪脚饭"，从门口展示的宣传招贴上看，真的有鲍鱼。鲍鱼如今并不贵，比有些海螺还便宜，但我能看到店主试图在寻常与高蹈之间寻找那个平衡点。虽有点搞笑，但勇气可嘉，没准儿就成了呢。

抬头望去，这些铁硬的建筑，现在都有一个名字。若干年后可能改了名字。建筑的主人不会一成不变。建筑本身，一定比名字长久。

许多人来来去去，在大大小小的建筑里发生故事。我亦是其中之一。最后留存下来的故事，能有多少呢？粘连其上的悲欢离合，才能让这条廊桥和它周围的事物坚挺并持久，直至超过事物本身，否则，再坚硬、漂亮的建筑物也会一天天变老，变旧，成为废墟，像没存在过一样。

期待故事。

廊桥周围，时见高耸的吊车，用细线钩起一个巨大的石板，晃晃悠悠往高处走去。临时搭建的施工房旁边，乱七八糟码着各种钢管和木条。

泥头车穿梭不断。它们走在已经建好的干干净净的街路上，又转进杂乱的建筑工地，好像在时空里自由穿梭。

一部分高楼骨架呼之欲出，外面的幕墙玻璃贴了一半。这些半成品下面，曾经野蛮生长的树木和杂草都被砍掉，换成整齐艳丽的花草，和即将成型的高楼十分匹配。一代旧绿死掉，但是绿还在。等这些高高低低的建筑物建好入住，就会形成巨大的阴影遮住廊桥，在廊桥上散步更凉爽了。

这就结束了吗？

也许这只是一个起点。廊桥现长两公里，以后能否十公里，二十公里？它不断延伸，层次更多。整座城市又多了一层，两层，且连接在一起。它们不仅是道路，还是流浪汉的住所，还是街头艺人的常年表演场地，还是各种作品展览地，还是小摊摆卖地。不知不觉地，这个城市上面，又多了另外一个城市……

冷色调的向上。

暖色调的向下。

一条公园

骑着共享单车乱走。开车时瞬间掠过的那些事物，此刻都变大了。一条皱纹成了一条水渠。一条腰带成了一条漫长的路。平滑的路面上蹦出些许颠簸，轮胎一跳跃，就赶紧捏一下手刹。一根木桩子变成了一棵枝繁叶茂的大树，树叶间藏着一只只蹦蹦跳跳的小鸟，它们在叽叽喳喳歌唱。

经常经过的这条枯燥的路，每一个细节都被勾勒出来，丰富又热闹。亦非平日熟视无睹，实为根本没看见。

瞎子如你和我。

睁开眼蹬车，路的尽头，横亘一条长长的绿色的堤坝。

堤坝不是形容词，就是高高的，凸起的，隔开河面和岸边的那种堤坝。可对面明显不是一条河，直觉中没有水的气息。沿小路走上去，低眼瞧，一条小径从下面贯穿了堤坝，不断有人骑着摩托和电单车从桥洞里进进出出。我看清了，桥洞上面是一条高速路，大大小小的汽车在树影里倏忽闪过，隐约可见一辆白色小轿车敏捷地超越一辆货柜车，扭着腰身窜跑了。

这条高速路的名字我或许知道，且极可能在上面奔驰过。这几年，我驾车走遍深圳的边边角角，行走成为日常。高速路不断增加，跟我连续不断的行走相比，增速还是慢了些。

但我不想走近高速路，详细询问其身世。这个城市里，熟悉的地方越来越多，陌生的地方越来越少。好不容易有一块陌生之地，我要和它保持一个距离，让陌生持久些。

砖铺小径之外的土地上长满嫩草，看它恣肆烂漫的样子，必非人为策划，水、土、空气和草籽的联手经营而已。中间点缀着一些小花，有一点红、夜香牛、白花蛇舌草、蟛蜞菊等，没有特别高大突兀的，红黄白相间，与嫩草悄然匹配。我一一叫出各自的名字时，它们都摇晃起来。

正是隆冬季节，红花羊蹄甲（即香港区花紫荆花）的花朵已红到深处，一半在树上，一半在地下。树上的高低错落，下面的整齐铺成一片。呆立于旁，见枝头花一朵一朵落下来，在风中翻一个滚，三两秒钟后泯然地面众花中，而上面的似乎并无减少。想发点感慨，却只写了两句话："落花无需我怜，自有清风陪她"。花朵们频频点头，似乎接受了。

大片的白千层形成绿色堤坝的主流。这是一种南方常见，北人陌生的树木，主干极像桦树，高约十几米，需仰头才可见顶。枝条和叶片颇似柳树。花期时，树上结出一朵一朵像瓶刷子一样的白色花朵，故名白千层。更常见的则是红千层，与之几乎没有区别，唯一不同是花朵红色，我私下命名为红瓶刷。白千层的树皮一年四季总在掉落，斑斑驳驳，露出扎里扎煞的内膜，摸上去却十分柔软，不似真正的桦树那般坚硬。在密林里行走，穿得很严实，露在外面的十个手指头上，被蚊子叮了八个红色的包。奇痒，越挠越痒。将手背置于白千层的树干上，仿佛被一层柔软的物体包起来，蹭了又蹭，不用担心被划破，反有相互抚摸的快感。痒痛神奇地消失了。

白千层周边，矮小的散尾葵、长隔木、红花檵木呈前呼后拥之势，让这个堤坝公园显得理直气壮。中间亦点缀几棵高大的火焰木、凤凰木和美丽异木棉，它们由春到秋依次盛开，直至冬日的红花羊蹄甲，每一个季节都不会寂寞。这些植物啊，貌似参差，其实全部经过盘算。和嫩草不一样，规模越大越需周密安排。

林间赫然一条人造小溪，三五米宽，有头有尾，底部铺满大个的土黄色鹅卵石。浅浅的水中，寸把长的透明小鱼仔飞快地窜来窜去，明明是搅得波纹动荡，却仿佛是鹅卵石轻晃起来。两岸一簇一簇的芦苇摇摆白头颅，等待水从天上来。

偶尔擦肩而过的人，大多没有表情。

圆形小广场上，坐着一个落寞的穿着制服的保安。他没有低头看手机，只是呆呆坐着，眼神空洞，口罩挂在下巴上。我转一圈回来他仍保持着这个姿势。我猜他是手机没电了。偶尔看看手机解闷是不违规的。发呆之宝贵行为，他不可能无缘无故持续这么长时间，除非他是潜藏在我们身边的哲人。此刻，我忽然很想以他为标本，打量一下同类的想法。

刚才遇到的几个人，他们穿的衣服是什么颜色，什么款式，脸上的表情（毫无表情也是一种表情），都肉眼可见，但我看不到他们想什么。他们所有的想法都掩盖在衣服和皮肤下面。那些莫名其妙的冲动，酝酿已久的悲伤以及邪恶的念头或高尚的理想，稍加装饰便毫无踪迹。

我接触过一些研究脑科学的人，据说他们正致力于把人类的意识明确化，扫描后记录下来。此法亦可波及动物，这样人和动物就有了通用语言。当然，你可以把这理解为努力的方向，他们劳碌一辈子也得不出结果。但也不好说，清朝末年的人，怎么能想象到一百多年后高铁遍地跑，飞机满天追？人们像拿着大烟枪一样拿着手机，侧卧床上，一刻都离不开。他们所有的生活都印刻在一个手机里。解锁一个人的手机，几乎就知道他这一整天在干什么，想什么。故，将来是否有一天，只要戴上特制的眼镜，就能看到其他人在想什么。走在街上的人，意识都像鼻子、头发一样，一目了然。那个世界里，所有的人都在

自有清风陪她。

流水不恋落花。

裸奔。你看着一具具肉体顶着一个个意识走在路上，站在房顶，坐在咖啡店的玻璃窗内。肉体不重要了，意识价值超越了肉体的美丑。但也不用担心高尚压灭猥琐。高尚的不一定占多数，甚或是极少数。大家都平庸，都猥琐，也就无需遮掩了。想法就像一个人的长相一样，一旦生成，基本固定。拥有者必须通过各种方式强化自己的合理性，即使不打压异己，也需证明猥琐并不可耻，高尚不过如此。所谓越裸露越坚固。猥琐者人多势众，汹涌澎湃，恰如白千层，又高大又柔软，容得下你，又不给你更多空间。不好意思的，缩手缩脚的，或者只能是那些真正的高尚者。

好在大家都是陌生的，谁也不认识谁，无需被道德压迫。所有表面上的温情都被拿掉。人们互相靠近或者远离，完全借由意识的远近。意识相近的成为亲人，三观不一致的，必然渐行渐远。人和人的关系重新界定，打乱了现有的陌生和亲切的关系。

如此，我珍惜的陌生对我还有什么意义？

目光离开那个保安，勾连在"意识"上的意识一下子消失了。我更愿意沉浸于花朵的暗香，树木的荫凉和溪水的舒缓。这些切实的东西让我心安，一点都感觉不到孤独。抚摸粉白色的扶桑花，它不回应，我安心；凝视深绿的夹竹桃树，也不回应，又给我一个安心。人始终不多，这种稀疏让我安心。

左手边的高速公路上，噪音持续高亢，右手边的城市道路上车辆不多，非常安静。左边的耳朵里不一会就撑得满满的，右耳空空落落。我时不时转一下头，让右边的耳朵吃几斤声音，左耳的声音流淌出来，保持一个平衡。

连续两个下午，我用脚步丈量这块陌生之地。不是丈量，是抚摸。我走了很久。好长的一块绿地。若开车经过，稍踩油门，估计三五分钟，最多十分钟就过去了。在车上和在车下，会遇到两个不同的世界。楼上和楼下是两个世界，姚明和曾志伟目之所及也是两个世界。速度、高度、宽度、深度，稍有差池，吸入的灰尘，遭遇鸟粪的概率，跌入深渊的可能性都是不一样的。现在凭空掉下的这个"漫长"，宽约一百米，乃一丰满世界，够我享受多年。两个下午，我始终没有走到头，直觉即将到头时，马上掉转回身，接着走。

这么大一个地盘，这样的位置，以城市个性，盖厂房、商品住宅皆宜。如果仅仅作为高速路和城市道路的隔离带，显然太铺张。个中缘由，不经意间抬头看见。每隔几十米，便有一根高压电线杆，粗可一搂，牵着一排粗大的电线在头顶呼啸而过。每根电线杆上都挂着数个标牌，上书"禁止攀登 高压危险""110 kV 育塘蒋线 18 号"等字样，落款为"中国南方电网"。是的，这是一条高压线路，它只能被改作公园。

此非废物利用，是上天赐我。

这么漂亮的公园，有公厕、有指示牌，总会有个名字吧，但我也不想知道它的名字。它在我心中永远是陌生的，我甚至希望下一次来找不到它。在我个人的生命里，它就是没有尽头的"一条"公园。

我坐在一棵黄槐决明下面的长椅上，眼看着身旁的一只蝴蝶在慢慢变大。它身上挂着的意识，我轻松可以读出来。

它在说，好啊好啊，真他娘的好啊！

牌子挂得越多，离地面就越远。

香蜜湖

　　香蜜湖里有一只鸟，即深圳所有水边都能见到的那种白鹭。水鸟站在岸边，一副人畜无害的样子。忽然腾空而起，身上系着一根绳子，牵连着水面，要把湖水拉起来。它太小了，力量不够，湖水太重，往下拽它。白鹭一个趔趄，差点摔倒，甩掉绳子扑扑拉拉飞到了对岸。它抬起瘦瘦的腿频抚胸口，稳定自己受到惊吓的小心脏。

　　但它不会离开。水面有多大，它的活动范围就有多大，无论向上，向左向右，湖水都观照着它。波纹一波一波荡漾起来，水鸟的身影也似乎跟着一颤一颤。它叫起来，呱呱，呱呱。声音有点怪异，但我听清了，它在喊：国华，国华。

　　这是一个指令。飞啊飞啊飞到我面前。接下来我一系列行动都是围绕着这个指令。

一、我丈量了香蜜湖，当然没拿皮尺，肉眼可见，何须外力。湖面并不大，略似大拇指和食指伸开的形状，宽不过百米。我的朋友王博龙说，他憋足了一口气，可以从这头游到那头。这话挺伤自尊的，如果王博龙站在湖边，香蜜湖又有灵性，应该喷一口水到他的身上，让他全身湿透，落汤鸡一样回家。有人问他发生了什么事，他还不敢回答。

二、我围着湖水走。香蜜湖路、侨香路、香梅路、红荔西路，四面将其围住。沿着这条路走一圈，约一个半小时。一路上，树木直立，浓荫森然，行于树下，风吹凉爽。几十年蓬勃发展中，也会出现一个又一个意外，城市仿佛被一个阴暗的人套了个无形的夹板，轻轻一拽，它就得停下来，再拽再停，随拽随停。一个生机勃勃的人，眼神已然变得冷漠，外表仍金玉满身，败絮渐积其中。此种情况下，绝非意外停止即可恢复原状。内伤啊，血管堵塞了，细胞变异了，能否回到从前都不好说。而一路上遇到的每个人似乎都比其他地方的人灵动一些，眼神活泛一些，脚步也不一样。他们脸上的表情，不是坚持，更像是侥幸。小区门口的喷水池里不断喷着水，把这侥幸无声无息地掩盖一下。

三、绿荫中穿插着菠萝蜜树，十几米高，硕大的浑身刺疙瘩的菠萝蜜，直接长在树干上。等成熟时，取下，切开，果实又甜又香，似乎为"香蜜"二字背书。初夏季节，春日里落在地上的榕树叶子，已经枯干变黄，仍有半个蒲扇大小，被风吹着向前挪动，哗啦哗啦响，具有质感。一脚踢飞，竟又自己慢慢退回来，且退到脚下。脚指头动了动，终究没有踢出第二下。

四、我在这条略呈方形的路上行走，根本看不到湖水。湖水被高尔夫球场和一些所谓的豪宅包围起来。以2021年为切面，水榭花都与香蜜湖一号每平方米指导价都是13万元。指导价者，乃政府为制止房价疯涨而制定的盖牌措施，实际市场价每平方米或在20万元左右。以后无论怎么涨跌，此时此地的这个数都属头部。房价高，最主要的还是位置好。在深圳，仅仅"香蜜湖"这三个字就意味着巨大的价值，真正的市中心。

五、绕湖而建的小区其实无法直接触碰到湖水。那

这么大的一湖水，水鸟能否将其拉起？

些住户，远远站在自己窗前冲湖水招手。湖水冷冰冰。住户们喜欢到附近的香蜜公园去亲水。香蜜公园也不大，却很精致，一年到头经常搞各种花展，在一次菊花展上看到一个品种，名为"国华真红"。公园内有两个人工小水坑，一名花香湖，一名花蜜湖。不知道的还以为它们是香蜜湖的分身，其实二者毫无关系。两个小家伙，老老实实趴在那里。人少的时候，站起来，扒拉开那些树木，遥望这边的湖水。湖水冷冰冰。

六、若想真正靠近香蜜湖，可以走到西北角上的"深圳1979"园区。园区又分ABCDE若干区域，走走停停，不过半个小时。里面以饭店为主，有蒙古风情、潮汕牛肉火锅、湖边小烧烤，等等。水面上矗立的那个巨大的过山车，仿佛覆盖了半个湖。午后，小饭馆门口坐着一个人，端一碗面，孤独地向前看。偶尔低头吃一口，眼睛牵连着水面。

七、湖水并不清澈，芦苇丛生，波浪一层层从中间往岸边扑来。三面环树。一坨芒果树。只能用"坨"，它们紧紧粘连在一起，分不清是多少棵。茂密的叶子挡住下面的一切，叶面上浮动着一个个滑润的芒果，长椭圆形，青色表面上已经有了斑斑红点。

八、从一条小径进入园区后面的一个门，延展开一大片空地。树木一棵挨着一棵，树木上结结实实地缠绕着一根根藤。遍地长满浓密的鬼针草，似坟地，白色的花朵上，白色的蝴蝶乱舞，带动着无人的空间都躁动不安，一刻不停。不知是谁在这些荒地上开垦出几小块农田，两垄红薯，一排玉米，若蹲下看，秸秆像是一条条大腿，随时可以走动起来。

密林深处，搭建着四四方方的简易棚子，旁边空地上有一晾衣架，刚洗好的衣服挂在上面随风飘。三轮车上整整齐齐叠着废纸箱子。终于见到一个人，女性，看不出年龄，戴着草帽和面罩，典型岭南农民打扮。和我打个照面，她嘟嘟囔囔地说起什么，我一句都听不懂。我们的隔膜，如同此处的卑微和不远处的豪宅小区，千沟万壑。

九、一条隐隐可见的羊肠小道通到水边。我试着走了几步，不敢向前了。若不计后果，是可以走近那水的。目测湖边泥土非常湿滑，似乎有人靠近并掉下去过，变成了湖里的鱼，或者变成了苍蝇。那是一只苍蝇还是小虫？就那么悬浮在我眼前，仿佛一动不动，却可以感到它的翅膀在亿万频次地抖动，然后又倏忽平移走，上上下下，左左右右，看不到飞翔的痕迹。

表面上我是一个行人，一个旁观者，事实上却是一个信息搜集者。这些凌乱不成体系的信息，我都打包交给水鸟了。水鸟一直没动，等着我看它。那是我和它之间的密码，如同它和香蜜湖之间的密码。然后就见水鸟拉起那些水。是的，水飘起来了。像一块沉重的铅，被一只纤细的鸟儿带离土地。这不是幻觉，是真实的存在。天空因此跟着升高，以免被撞到。天地间只有一个悬空的香蜜湖，湛蓝湛蓝，天水融为一体。这时候千万不要提什么意义，这就是美。

我的游走与观察，和这样的结果有什么关系呢？条理清晰的逻辑让人恍然大悟，心情舒畅，随后也如大醉醒来般怅惘，若有所失。之间若拉开距离，填充一段彼此不明所以的物质，情况就有变。这个距离，是神秘的，人类无法立即推理的。它会带给人恐怖、猜测、犹疑、好奇，若无攻击性，最终是美。而我就是美的参与者乃至成就者。

我不能和你们一样，做个纯纯的局外人。我和湖水隔着一层，和水鸟之间却有一种联系。我甚至惊惧地猜测，那只鸟就是我放养的，而我并不自知。

我只好装作跟常人一样。

这里的小，我承受得了

这些年眼看着深圳的公园数量从五六百个增加到八九百个，直至一千二、一千四，仍无停止之势。土地面积并没增加，公园数量增加，那只能是就地取材，把原来不是公园的地方变成公园。众多因地制宜的社区小公园由此而来。深圳市龙华区广培社区就有两个公园，一个是广培新艺公园，一个是烟桥公园。

"烟桥"二字，得自"以刀代笔"的版画家陈烟桥。此君生于宝安县牛湖村俄地吓，即上面提到的广培社区。陈烟桥年轻时曾得鲁迅先生栽培，是围绕在先生周围的众多青年之一，1949 年后在广西一艺术院校任教。与萧红萧军柔石瞿秋白等人相比，并不算多么突出。星火揖别浩瀚天空，却可点亮一片荒野，并在此获得永生。公园正门处即陈氏祠堂，彼此映照。

在烟桥公园门口看示意图，极简单，两个小亭子，其他的都是树，树，树。妻子笑道，这里就是个树林而已。一迈步，耳边忽然有人说话，吓一跳，细听，是个电子感应提醒器："你已进入重点防火区域，请不要携带易燃易爆物品进入，严防森林火灾。"

上行一分钟，有一小亭，以为至顶，在深圳进出过无数公园，对社区公园之小已有预期，所谓见怪不怪。见前面路未尽，再走走吧。

忽闻狗叫，旁边是一个竹围栏，栏内一只大狗正虎视眈眈地看着我，嘴巴不停地一张一合，身子也跟着一伸一缩。四五只小狗围拢其侧。直觉大狗并无敌意，见我看它，马上转过头去，吼叫于它也许只是一种习惯。叫叫更充实。旁边一小屋，两只大鹅在晃晃悠悠地跳舞，尾巴撅起又落下。它们令这个除我和妻子之外再无别人的空间生动起来。

抬头，见一大串台阶，原来还有更高。普通人的心理：见到极小，震撼之后，会忍不住把下次见到的另一些小事物预设为更小，恰如见过名山大川，下次见到更大的大山也不奇怪，心说，怎么这么小。忘记了第一次见到大山时的心潮起伏。每一个极致都是一个台阶，抬高了"下一次"的门槛。

五分钟的登顶时间，已经大汗淋漓。沿途浓荫遮天，那么绿，轻轻一碰就淌汁。掉到身上，成了全黑中见一点白的太阳影。不用担心遇雨，中雨以下，身不敢湿。停下脚步，透过茂密树林，能看到斜下方的隐隐车流，亦可见白色的工业园楼房。都似有还无，似无还有。山林虽小，却把所有的绿凝结在一起，驱散一切不必属于这个地方的事物。清脆的鸟鸣声被严密的绿网兜在这里，不得外流。耳边此起彼伏，长短相宜。由耳入脑，顿觉豁然开朗，天之大，地之阔，全都是绿，绿，绿。

在顶端小亭子里坐下，几十只蚊子喜出望外地赶来，迅速送我红包若干，十分痒。以手驱之，没用。蚊子们分进合击，如草原鬣狗围攻一个猎物。其实也无必要，我这庞然大物，喂它们一点食物，并无损失。万物都该和谐相处。

深圳给人感觉处处都拥挤，事实也是拥挤，但仍有恒久幽静之处。此时正是周末，烟桥公园只我们夫妻二人。我摘下一片绿，在要寄出的信上盖了一个章。

前海凉热

　　夏天（含孟夏、仲夏、季夏以及前面的铺垫与后面的缓冲，持续至少半年时间），前海的上空真热。

　　热是一只动物，行动迟缓，大而无形。如果非要追究具体长相，庞大的棉花糖差可拟。面目模糊，又白又软，晃晃悠悠，趴在岭南的上空。几百年，几千年，上万年都是那样一副赖赖唧唧的样子。不肯离开一步，不肯换个姿势。也许是懒惰，也许是睡着了吧？

　　它身下的事物换了一茬又一茬。冷兵器变成了热兵器。战斗变成了和谐。茅草屋变成砖瓦房又变成了林立的大厦。宝安县变成了新安县，又分成了东莞、深圳和香港。海边的泥滩地被填土推平，变成了仍在变化中的前海。

唯独热没有变。

那些在热里行走的动物们，皮毛尽量稀松一点。能躲进阴凉里的就赶紧躲到阴凉里，能挖个洞藏起来的就挖个洞。实在不行，草窠亦可将就。热太强大了，把土地里的水拽出来，把刚刚洗好晾在竹竿上的衣服中的水拎出来，还要钻进树叶里，把叶绿素中的水分推出来。但水是循环的呀，这些水分在空气中转一圈，终究回到原来的地方，所以地面还是湿的，叶子还是绿的，花还是红的，衣服呢，还是潮的。水把热重新带回所有的事物中。

我手持一把纸扇，在前海的人行道上踱步，眼看着这里种上了美丽异木棉和沿阶草，一年四季绚而不烂。高大的建筑们越来越扎堆，作左拥右抱状，抬头望，天际线高过发际线。蓝蓝的天上，白云招摇，好一派深圳风光。

但是，若无空调和电扇，这仍然是可以发配罪民的烟瘴之地。一动一身汗，不动身上黏，一刻不洗就不舒服。病菌在濡湿处滋生，尸体在炎暑中腐烂。让你讲卫生，让你爱干净，统统做我酷热的囚徒。

这时候真期待冷。让冷来中和这热，来与这热做个交易谈个判。不一定你死我活，非此即彼，热的热死，冷的冷死。大家都和和气气，不冷不热，差不多就行。

时至今日，热中取冷，获取基本的舒适度不再是问题。曾经荒蛮的土地已成最大人口流入地之一，便是明证。那么，在此之后，有没有一种比较起来更进一步的选择呢。看起来高大上的那种。尤其前海。前海者，全称为前海深港现代服务业合作区（简称：前海合作区）。深圳是特区，前海被视为特区中的特区，有政策加持，有地缘优势，更该搞搞新意思，总不能一个姿势地老天荒。

我在伶仃洋畔的前海5号供冷站遭遇了这个可能。前海最初规划总面积约为15平方公里，集中在深圳三湾片区（桂湾、前湾、妈湾）的泥泞滩涂上。5号供冷站的"集中供冷"，主要对象是三湾片区。

集中供冷！截止到写成此文的2023年3月，仍是个比较新鲜的词汇。起码对这一群参观者来说是新鲜的，他们走过南闯过北，火车道上压过腿，能挑起眉毛表现出一点惊讶，很说明问题。敝人曾居东北多年，记忆尤深的是"集中供热"。城市供热约略三种方式：一曰分散供热，即家家户户自己烧煤烧柴解决；二曰自建锅炉房供热，投资和使用主体为工厂、企业、住宅区和办公楼等；三曰集中供热，即片区统一规划，建热电厂，既发电又供热，同时满足生产和生活的需要。每年十月中下旬始，次年三四月份终，集中供热成为东北人的头等大事，零下二十度的低温，在外面待一会就变冰棍儿，供热设备一旦故障，供热公司能被骂死。

但集中供冷，就算在这酷热的南方，听说过的人也不多，当面见证的更不多。

海风暖暖地吹着头发。参观的人群乘电梯进入一个宽敞的地下室。漂亮的讲解员说，这里同时也是一个公交场站，5号供冷站与公交场站共建。展览厅、制冷车间、冷却塔与公交车站分布在各个楼层，互不干扰。她还说，前海的供冷点要么建在绿地下面，要么建在建筑物下面，要么与公交场站共建，都是提早规划，在土地出让时就明确选址。以免建了扒，扒了建。

门口的机器人迎宾员，地面上突兀的圆形管道，不断变换各种颜色的演示器，在在显示，于此，技术问题是最值得关心并询问的问题。不解开这一道道题目，不把这一个个流程搞清楚，不做个打破砂锅问到底的孜孜以求者，都不好意思走出这个门。

解说员就站在面前，那就开始吧。

（以下问答，知识性较强，有兴趣的请细看，没兴趣的……如果不看也许会错过什么）

问，现在人们已经可以通过装空调和电扇来解决相关问题，为何还要集中供冷？

答，无论是一家一户的外挂空调，还是在建筑物里建一个自己的中央空调系统，都是非常消耗能源的，对环境的影响也比较大。集中供冷相比常规中央空调可显著减少运营成本，另外，可以做到电力使用的区域平衡。

问，你刚才讲解时几次提到电力的区域平衡，有什么说道吗？

答，最近几年电力供应很紧张，一些经济发达地区甚至要拉闸限电，其中，白天和晚上用电不均衡是一个重要原因，所以晚上用电比白天便宜，而我们以电蓄冰都是夜间进行的。白天有冷气需求时，我们就不用电了，直接把以冰为原料的冷气输送出去。我们通过蓄冰解决 30% 的冷，就意味着白天的用电量可以省下 30%。也可以理解

被热气熏蒸着的绚烂。

制冷设备黄与蓝。

为，我们通过自己的操作，把白天的用电量挪到了晚上，二者不仅有价格差异，还有使用时间乃至区域的差异。

问，很想了解一下具体的供冷方式。也就是说，这个"冷"是怎么制造出来、怎么运输出去的？

答，和集中供热的原理差不多。以 5 号供冷站为例，其核心工艺系统由制冷主机、水泵、蓄冰盘管、板式换热器、冷却塔等设备构成。综合夜间蓄冰、日间融冰与联合供冷等多种运行模式，实现能源高效利用。在用户用电和用冷需求量较小的夜间，供冷站利用低谷电进行蓄冰，蓄冰系统以乙二醇溶液为载冷剂，先将乙二醇溶液泵送至制冷主机进行降温，达到目标温度后再输送至蓄冰盘管。此时蓄冰池中的水经盘管换热后温度开始下降，乙二醇溶液将再次回到制冷主机继续降温，形成循环。随着冰池水温不断下降，水慢慢结冰，达到目标蓄冰量后设备停机，制冷过程中主机产生的热量以循环水作为冷却剂，通过冷却塔排放至大气中。白天在电价峰值时仅启用水泵，将蓄水池中的冷冻水输送至各用户为其提供冷量，随着冷量的持续输送并慢慢融化，蓄冰池水温开始上升。准备新一轮的循环。用冷负荷高峰时同时启动制冷主机、冷却塔、水泵等设备，形成主机制冷与冰池融冰联合供冷模式，源源不断地向用户输送冷量。

问，现在这个供冷装置建到什么程度了？

答，这个集中供冷站从 2012 年就开始规划。三湾片区的集中供冷站目前是世界上在建和在运行的最大的集中能源站系统。我们一共规划了 10 个能源站，可以覆盖的建筑总面积达到 1500 万平方米。这是个什么概念呢？具体点说，一个能源站可以覆盖周边二十几栋楼宇。包括写字楼、酒店、学校、医院还有商业综合体等。前海的公共建筑无需自建中央空调，通过单一能源站可以共享能源。现在的"前海"，已经由最初的约 15 平方公里扩到约 120 平方公里，从宝安国际机场一直到蛇口。我们在持续努力中，争取陆续扩大能源共享范围。

问，在北方用热时，如果对暖气没有需求了，要到物业去报停，关掉你家的暖气阀门。这里的供冷呢？

答，集中供冷的主机都在我们的地下室。用户室内只需装一个控制面板，自己可以选择关停。

问，说一说日常管理吧。

答，目前我们这么大型的一个能源站，白天需要两个人，夜间只需一个人就可以实现 365 天 24 小时不间断地供冷。

…………

上述问答，乃吾据录音整理而成，做了较大调整。亦曾试着敲掉术语，将其全部转换为文学语言，无果。技术的终究归于技术。过程中，反复研读，倒觉越读越有趣味，感觉自己成了汪洋中的一滴水。天色暗下来，冷却剂袭身，渐渐固化，和其他水滴紧紧抱在一起，成为一块冰。一眼望去，好多冰连接在一起，晶莹剔透，暗夜里闪出幽幽的光。或者说，我们由常温变成了冷，由一种无知无觉的事物变成了巨大的能量。第二日，冰块们化成的水携带着这能量进入管道。有限的空间里，汹涌着一个坚硬的海，潮水般涌向岸边，即楼堂馆所和商业建筑的内部，再转化成冷风吹遍室内各个角落。在这里，我们搜索热，收集热，将其带回最初出发的原点。走上这一回，并非生死的一回，而是白天黑夜的轮回，可以周而复始，可以源源不断，没谁失去什么，倒有人得到什么。

如果不做这一滴水，我就看不到热的中和（注意，是中和，不是消失），体会不到冷暖自知和他知，体会不到暂时的"天下同此凉热"。身在其中便知这两句话不是哲学和文学描述，是现实的速写。大家都在温暖、凉爽的空气中来来往往，各安其所，各得其乐，多么美好啊。

前海真漂亮。开着车在灯光闪烁的滨海隧道里穿越，在种着紫花风铃木的梦海大道上前行，似在画中游。深圳发展了四十多年，越在后面出现的事物越漂亮。而这肉眼可见的漂亮需有坚实的看不见的一针一线织成，一根根坚实的骨头和一个个坚实细胞构成。越看不见的越是要坚实。它们支撑起五颜六色的画面，令其水灵、持久、自信、不断成长。

这集中供冷，应该就是一个坚实的细胞吧？

是的，谁也不敢保证目前的路径是最佳选择。也许有一天，集中供冷被另外一种方式替代，甚至，像那滴水一样重新流回原点。那又怎么样呢？这些水属于前海，属于深圳。"特区"之"特"正是由一个个不同开始，此处的不同，绝非为了不同而不同，而是要探索一个又一个可能性。一个可能性带来另外几个可能性，不断生发，空间无限拓展。即便走了弯路，起码会让其他人少走类似的弯路。

更也许，再过些年，集中供冷取代了现有的空调和电扇，像水电一样成为热带亚热带居民的日常生活。最先见证飞机在天空翱翔的人，抬起头来是如何的目瞪口呆，如今都视若无睹地在航线下喝着咖啡聊天。集中供冷，人人同此凉热，岂不也是早晚的事儿。

Ⅲ　拆解世情

瀑布即世界。

粉色瀑布

晨，微风吹。挂在墙体上的簕杜鹃抖擞身上的叶片，慢慢醒来。街道太窄，只有半边阳光漏下来，部分叶片被刷亮，另一部分稍暗。一株明明暗暗的巨大植物，纵贯一楼到八楼，整整二十六米啊，像一挂粉色的瀑布凌空淌下。还没落地，忽然想到自己不是水，而是植物，马上停住，发呆，凝固。

凝固的粉色不说话，周围却渐渐喧嚣起来。

手里拎着一堆塑料食品袋的中年男人。以伞拄地慢慢行走的老人。蹬着脚踏板迅速滑下去的小女孩。深圳市罗湖区莲塘村六巷，道路有一点坡度。骑着电单车一脚油门冲上来的外卖小哥。牵着手走过的情侣。

抬头望，蓝天上的白云已经结交了簕杜鹃的粉红，白触摸着粉，粉舔舐着白。干干净净的上方画面，映照得下面路人也都清爽、纯洁、有条理。他们目不斜视，不抬头不低头。落在地上的花朵，纸一样轻薄，看着鞋底踏下，一翻身躲了过去。脚步一个接一个，它们翻来翻去的，像舞蹈。

粉红瀑布下面，并排三家店铺，一曰百鲜果园，一曰史迈便利店，一曰爱派烘焙坊。后者闸门拉下，似好久没有营业。附近还有沙县小吃、美宜佳超市、鞋店、理发店、自选快餐店、花店、茶店等，空气里弥漫着一股煮饭的味道，与汹涌的人气混合在一起，有别于他处气味。

有人特意从大老远处跑来，向这株驰名深圳的植物表达好奇乃至敬意。结果看到，那么高，那么壮观，那么势不可挡的它，夹杂在这条窄巷里，一点都不突兀，不孤傲，与路边停靠的拉货三轮，斜倚在墙边的甘蔗捆以及墙体上莫名其妙长出来的一株尺余长的瘦弱植物互为犄角，搀扶着，观照着，嘻嘻哈哈谈笑着，并不在意来客的打量。它好像是这里必不可少的一颗棋子，一个组成元素，而非定于一尊的主角。

籍杜鹃乃深圳市花，又名三角梅、九重葛、毛宝巾、叶子花等。那粉红的瀑布，其实不是花，是变粉的叶子。花者，叶子中间钉子帽大小的一个五角形的黄色花冠，近于无。没人在乎这些，你鲜艳，你就是花。你是花你是花你必须是花。藤状灌木，善攀爬。人们在深圳街头看见的高高的籍杜鹃，亦非自身挺直，都是借力打力，踩着其他树木登高。此处籍杜鹃亦然。一条粗壮的主干，加上周边裸露的土，不足一平方米。土层始终保持潮湿。那是主人詹先生经常浇水的缘故。

莲塘居民詹先生盖了一栋九层高的楼。2003 年，他的母亲，七十多岁的周阿婆在楼脚种下一株籍杜鹃，每日以喝剩的茶汤浇灌，以为有营养。一日，阿婆欣喜地告诉儿子，籍杜鹃一夜之间突然长大许多，自己悉心照料终有成果。看她开心的样子，一家人都跟着笑。老人家不知道，她种植的那一株，一段时间内日渐枯黄。这种植物要死就从根部死，上面一露败相，便无法挽救。怕老人失望，家人在夜晚将濒死的籍杜鹃挖走，换上了一株更为粗壮的。他们自始至终都没把这个真相告诉老人。

这一株籍杜鹃或许明了了詹氏族人的苦心，以一年一层楼的速度攀长，直到八层才停下脚步。八层楼，说来轻松，长起来每一步都有故事。它的主干扩无可扩，只有把根向更深的地下扎去。好在柏油路下还有一个广阔的土层，那里曾经年年长出庄稼，肥力还够。整条街道甚至整个村落都在为它提供营养。其间，墙体试着把它推下去，太痒了。偶尔飞过的鸟儿，因为好奇也啄它一下，生疼啊！蝴蝶一遍一遍追问它，到底要爬多高，到底要爬多高。好絮叨。它也懒得解释，一次次扒拉开这些障碍，一刻都不肯耽搁。攀爬是脱离的过程，越长大越孤单，越高处越飘摇，站稳成了第一要义。每爬一层，地心引力令其垂下头来时，詹先生就用细铁丝将其牵在窗户的铁栏杆上，使其还有机会靠近墙面，重整旗鼓。詹先生助力，簕杜鹃用力，终成今日之景。

墙体从拒绝到接受。蝴蝶从狐疑到环绕。一些小虫从观望到入住。刚开始簕杜鹃只是爬，爬，爬，并不明确为何要爬这么高。爬着爬着就想通了。

它要塑成一个标高，传递一个价值观，简单的，又难以一言以蔽之的一个字：爱。

簕杜鹃以自己的身体阐释它。其基座只有一个，敦

无需回头，我知道你在想什么。

地下的根和墙上的根。

实，遒劲；离开地面后，长出三根主干，粗黑、斑驳，颇具沧桑感。各自向外扩展；上行一两米处，八九条细干翻飞起来。细归细，坚实有力；再往上，分权越来越多，已经数不清了，每一根上面都是无数的花朵。如果说簕杜鹃的根基是詹氏族人对老人的呵护，到了高处，便生发了邻里的和睦相处，外来者与本地人的理解与包容，白领与外卖小哥的相互依存，城中村与不远处第一高楼彼此的怜惜……纯粹的、原始的价值观终究要蓬勃迸发，落实为更多具体的生活细节。

在莲塘村六巷周边的街路行走，随处可见簕杜鹃，有从花坛里长出的，有晾在窗台上的，有摆放在门口的。有的静止不动，作沉思状，有的东张西望，有的俯身下探。颜色各异，紫色、洋红色、白色等。尤其不远处的仙湖植物园停车场，六层楼高，各层的边缘都被簕杜鹃覆盖，每年二月三月、九月十月，远望浩浩汤汤。若无那一挂粉色瀑布，这些簕杜鹃无论大小，都是星散的灯火。有了这一挂粉色瀑布，它们驻留的每一个角落，每一个场地，就好像是经过了精心布置。大家汇成一个扩音器，一起传播、放大瀑布的声响。

深圳年年有台风，有一年特别猛烈。半空中像有怪兽吼，墙外的东西纷纷掉落，掉落的东西东奔西逃。簕杜鹃和墙体紧紧搂在一起，花叶都收缩起来，裹紧里面的蚂蚁和各种叫不出名字的小虫。雨水横过来拍击它，一遍又一遍，簕杜鹃始终没有掉下来。台风过后，周阿婆踩着满地落花，费力地抬头看簕杜鹃亮晶晶的枝条与残花，好久好久。

第二年，又是满墙的粉红。

后来，周阿婆无法亲自浇花，叮嘱儿子要照顾好它。詹先生谨遵母命，并把自己盖的那栋九层小楼命名为"簕杜鹃花园"。

从 2003 年到 2023 年，整整二十年过去了。这个年龄对八层楼高的簕杜鹃来说，只是个开始。有的簕杜鹃能活一百余年，或者更长。而阿婆老了，她的儿子也会渐渐老去，周围的邻居、摊贩、远方来客，都会一个个老去和离开。簕杜鹃的生命力远超人类，起码几代人可以来到瀑布下面，亲身感受到它——一个源于亲情，扩为同情、共情的故事，温和、明亮、绚烂。完全不知这个故事也没关系，那一块托着周围无数枝簕杜鹃的粉红，本身已是一个故事。

终有一天，簕杜鹃也会枯萎、一片片散落下来。想到自己本来就不是第一株簕杜鹃，自然也不会是最后一株。自己身后，另一株具有八层楼志向的簕杜鹃一定在某个时机萌发、茁壮成长，沿着自己的路程一路爬来，在台风中摇曳，在围观中静默，传习自己的粉红。那一株之后，又有第三株、第四株……颇似爱的传递，大家循环往复，无穷匮也。这样一想，它就放心了，更加恣肆地向天空伸出枝条。

就像一个人的笑。

满园动物

三只家禽从对岸的荷花丛出发，并排着向这边飞快游来，身后拉出三条整齐的长线，被阳光一照，闪闪发亮。岸边站立一对父子，年轻的父亲指着家禽对孩子说："来，跟爸爸一起念，鹅鹅鹅，曲项向天歌，白毛浮绿水……"其实，那是三只鸭子，黑色，来到近前一头扎进水里，屁股撅得老高，还欢快地一扭一扭。这几个重要元素，敢情他一个都没对上号。他念得很慢，一字一顿，最后一句实在念不下去了。孩子抬头望着他，满脸崇拜表情。

这里是一个叫作梧桐岛的办公园区，位于深圳市宝安区航城街道，前身乃一废弃工厂。园内有办公楼24栋，分别以二十四个节气命名，小满、夏至、芒种等。我们将车子停在地下一层，乘电梯上行至地面，回身赫然见楼体上有"立冬"二字。

楼身简洁透彻，浓浓工业风。楼梯搭在楼外，既可登高望景，也可成为被人凝视的一景。

整座园区绿疯了，踩不住刹车。绿藤从楼顶直抵楼下，像一根根绿色绳索。近瞧，那却是人为拉起的钢丝绳，绿藤缠绕攀援，有所依恃，有所拓展，终于孑然独立。笔直的落羽杉成片成林，间或几种开花的树，凤凰木、紫薇、决明、洋蒲桃等，它们绝不一起勃发，而是依次盛开。凤凰木的艳红，紫薇花的深紫，决明的明黄，洋蒲桃的青白，再加冬日落羽杉的棕红，连绵不断，每个季节总有一个跳出来，成为主角，然后让位给其他，自己变为配角，各领风骚几个月。整体上却是绿，一年四季绿到底。

众楼环抱之间，有一个两万平方米的湖，此为整个区域灵魂。平庸写字楼倒映水中，瞬间激活。湖水并不清澈，甚至稍显浑浊，色近黄土，却也抹掉了人造味道，平添狂野。小乌龟从水中探出头来，嘴巴一张一合，四条腿有规律地一蹬一蹬，笨拙而悠闲，岸边的人指指点点，"看，旁边还有一只。"

荷花丛旁，有一探入水中的平台，一只绿孔雀正在开屏，半圆形的尾巴和后面的树林、蓝天、水色融为一体，需仔细分辨才能廓清彼此。三五个和它差不多高的小朋友围在周边，兴奋地大呼小叫。大人站在孩子后面，端着手机拍照。孔雀突然收屏，向孩子们啄了一下，小孩纷纷后退，差点跌倒。

一旁的保安提醒，"孔雀还有野性，大家小心点。人多的时候，我就要把它赶走"，边说边伸出双臂做驱逐状。孔雀并无惊色，慢吞吞踱开。不远处，一只同等大小的母孔雀正沿木质栈道前行，身后跟随三只小孔雀，像小鸡崽，拳头大小，灰不溜秋，走路摇摇摆摆。母孔雀见人靠近，一头钻进一人高的芦苇丛，后半身露在外面。其实它们都不怎么怕人，躲开更像是一种姿态，即，离我远点，别影响我们走路。三只小孔雀则趁机钻入母亲翅膀下面，也不叫唤，很乖的样子。

水边立有牌子："小动物们是岛内一员，不宜逗耍，以免误伤。""园区请勿放生，喂食，共同爱护生态环境。"前者望字面即可理解，后者需琢磨才能想通。在不适宜的时间地点放生不适宜的动物，若淡水鱼置于大海中，若毒

你不动，我也不动。

大家一起动。

蛇置于人群密集处，若弱小者置于天敌门口，放生即杀生。至于投喂，则使若干动物产生依赖，一旦失去投喂，便无法生存，令其从现有环境中自寻出路，总比人为改变更靠谱些。

一只兔子从草丛中蹦出来，真的是蹦，它不会好好走路。先是一个小女孩发现它，大声喊，小白兔，小白兔。马上围过来一群孩子。小兔耳朵略带粉色，两条后腿沾满泥点，似受过伤，却不影响行动。有人说："好脏，散养的吧？它吃什么呢？"我暗笑，路边这么多草，还不随便吃？一幼童拿着草叶凑近兔子嘴边，兔子瞅一眼，把头扭过去，也不逃走。它自顾自地左闻闻，右嗅嗅，旁若无人。

围观的人陆续离开，兔子蹦到对面草丛，挑选嫩叶吃起来。看来它还是吃草的，只是不吃窝边草，必挑安全处。我很想弄清那些草的底细，哪些能吃，哪些不能吃；哪些好吃，哪些勉强糊口；哪些专门用来挡在门口，哪些可以用来招待客人？它不理我这些问题，只顾认真地吃，三瓣儿嘴频繁地开合。它的耳朵始终竖着，偶尔机敏地动一动。突然，嗖的一下蹦起老高，跌入草丛，哗啦哗啦跑远，再也寻不见。我奇怪，转身一看，一个女人牵着一条大黑狗从后面气势磅礴地走来。经过文明训练的人，懂得爱惜动物，狗可没经过训练。兔子看明白了这件事。

湖中时不时传出牛蛙叫声，"呱、呱、呱"，单调而执着。头顶，鸟鸣啾啾，似在招呼亲友们"到吃饭的时候了"。一只彩色蝴蝶铺展成一朵小花，立于枝头。一只野猫蹲在地上，呆呆地看着蝴蝶，或许在疑惑，为什么那朵花会自己移动？

如此一个弹丸之地，明里暗里生活着这么多动物，却一点都不拥挤。你看不到成片的飞禽走兽，看不到焦虑和追逐。它们在水底安卧，在树顶上搭铺，在草丛中埋锅造饭，在楼间谈情说爱，娶妻生子。大家各得其所，各不相扰。

从此处经过的人们，将动物当作风景的人们，岂不是也应该像这里的动物一样，在这个小小的星球上寻找最妥帖的分布方式、生活方式，从天空望下来，几十亿人也等同于无，如此，才能相对长久的"有"。

怪枝

　　阳光一晃一晃，照得我眯上了眼睛。我停住，阳光也停住，和我对峙。站在我和阳光中间的，是一段怪枝。一段呢，一棵呢，一根呢，还是一坨？我择不出一个准确的量词加诸其身。反正整棵树都是扭曲的，仿佛本来挺直溜的一棵树，站在了哈哈镜前，又似一根笔直的橡皮泥，被人用乱棍无头无脑地抽打一番，然后定型。主干向左、向右、向前又向后，无数的枝条，向后向前向右又向左，静态的好像是动态，动态的又仿佛凝固了。

　　这种情况应不是此树一时兴之所至，少年冲动。它的树皮坚硬灰黑，手感粗糙，龟裂成一块块，老气横秋。树根旁的草枯了黄，黄了枯，已经生生世世几十代、几百代，滴水观音阔大的叶子遮掩着旧时光。它的树龄远超过我，上溯祖宗八代都比它小三辈儿。它的想法，是几个世纪的沉淀，是一个个年轮互相磨合的结果，是风风雨雨的定见，无可置疑。

它是那样的美。"美"这个词，不仅仅是好看，甚至完全不是好看，是藏在树干里睡觉的小虫，是来回飞翔、叽叽喳喳的鸟儿，是投在地面上黑白分明的阴影，是站在这里茶呆呆发愣的我。

"别看阳光，请看我。"它这样说着。语言铿锵有力，词句掷地有声。

天地洞开，泼洒下金灿灿的丝线，我仿佛看到了宇宙的样子。它这是在对我明示啊！多年来，我总是以平滑顺直为标尺，用它衡量一切。不平滑的，扎手的，是不正确的，应该纠正；不顺直的，曲里拐弯的，是歧途，必须扳回。有它们在，我的生活就会被带偏，就会苦和累，就会吃不安稳，睡不踏实，就会在夜空下踯躅徘徊，就会把草叶揪下来，焦灼地咬在嘴里，一下一下地撕碎。我与它谁也没明说，潜意识里却是势不两立。

现在它就告诉我："这是以你为中心，顺你者对，逆你者错。世界的准确姿势恰恰相反，是扭曲。当然，扭曲是你们的表述，也可以用圆润、出发、寻找、指出、轨迹、曲折，等等等等，所有可能的词汇来表述它，但每种表述都不全面。干脆你还是用'扭曲'吧。总之你以前的判断全都来自你，天地间最微小的一个感受。你却用它概括了除你之外的所有事物……"

阳光一晃一晃，怪枝的上上下下镶上了一层金边，轻轻触碰，还有点烫手。我轻轻地问它："这不也是你自己的所想吗？你看，只有你是扭曲的，其他的树木……"

我转头四处找寻，想把其他笔直的树干指给它看。几十年的人世生涯，我见到的笔直的树太多了，松树、柏树、杨树、水杉、棕榈树，等等，生可以做路标，有的死了还可以做房梁。我要用它们说服这一棵怪枝，让它知道，它和我没什么区别。

此时正是深圳的春天，常温 23 摄氏度上下，树叶大片大片地变黄、凋落，在地面上铺了整整一层。踩在上面，脚底软软的。一年四季，树木几乎都撑着层层叠叠茂密的绿叶和五颜六色的花朵，人们从这里经过，看到的是姹紫嫣红。他们指指点点，作欣赏状。他们轻轻闭上眼睛，细嗅空气中的温香。完全没人关心树干、树枝弯曲或是笔直。同一个事物，最耀眼的那一部分夺得了最多的目光，成为最耀眼的中心。当花叶落尽，树干变秃，所有草木露出本来面目，仿佛澡堂里脱光了衣服的客人。它们都是弯曲的。一个弯曲连着一个弯曲，一个弯曲套着一个弯曲。它们成群结队，步履轻快，在阳光下朝我走来。我曾经看到的笔直，原来只是弯曲的一部分，就像现在的"扭曲"中，也有一小段是直的。全体的它们，还在向上走，向前走，向左走，向右走，向我看不到的方向大踏步地走。它们是弯曲中的笔直，笔直下的弯曲。它们的枝条在风中猎猎作响，它们的根须使劲踮着脚尖，走啊走，拽得土地裂成了一块一块。

我走近触摸那些树干。新绿已悄悄萌生，看上去柔柔的。它们撬开枝干上龟裂的树皮，用力地涨啊涨，只需两三天时间，它们就会覆盖掉落叶的痕迹。现在的阳光，晃得我睁不开眼。再过些日子，它们开出欢天喜地的花朵，把整棵树变得又绿又红，覆盖掉所有的弯曲。我看不到怪枝了。我硬说森林笔直，也没人反驳。即使阳光热烈，也只能从缝隙里悄悄地漏下一点一滴，根本晒不到我。我又可以放心地举头四望了！

它指向哪里，我看向哪里。

好想与它拥抱一下。

脚踝

有些事物是躲不开的。在深圳某些行政区，比如宝安、光明、龙岗等地，走路时，经常撞见一群穿工装的男男女女迎面走来，以灰色、蓝色居多，杂以棕色和黄色。看不清他们脸上的表情。统一的服装下面，面目似乎是统一的；也不去想他们的故事，感觉他们的故事也应该是统一且刻板的。其实深圳这个城市长得白白净净，踌躇满志，工装乃重要营养。但市民最有感的，还是金融、饮食、商圈、房产之类，与工装所代表的工业隔着一层玻璃。人们只喜欢工业的成熟果实——一块精致的手表，一辆驾驶体验极其舒适的汽车。果实们因为沾染了人气，成了有生命的东西。人类因为驾驭了它们，幸福感成倍提升。二者相互成就。但生产……一边去吧。

话说某日，到一个数码模汽车技术有限公司参观。该司位于一个产业园，区政府招商引资来的。在进门处看到产品展示：一个后备厢骨架和一个座椅骨架，仿佛解剖后的人体骨架，又瘦又硬，嶙峋状。区别是彼白此黑。想到自己换新车时，坐在驾驶位上反复折腾按钮，椅子平滑地前行、后退，椅背调直、调低，倾斜60度角，又乖又温和。此处这两个裸体骨架，硬硬的，摸上去冰凉，难以亲近。

在生产车间，看到一台台硕大的机器，面目并不清晰，机身上冒出一根根尖锐的铁钉状东西，凛然不可侵犯的姿态。旁边一排排凹凸有致的黑色钢板（也可能是铁、铝、铜、锡或者我不知道的某种合成金属），有长方形，有正方形，不小心碰到每一个边角都会刮伤。它板板正正，又毫无表情。它不可能和我对视。我与它们，只能是单向的打量。灯光一闪，或者走过一个人，它们身上的光线就略微变化一下。它反光，本身并不产生光。我长久凝视着它们，哪怕它们与我发生一丝丝互动，稍微柔软一些，我都觉得自己没白来。

终究没有。

它们不肯为我变化。当然，也不会为其他人有一点变化。人类制造了它们，又让它们坚决地和人类切割，站到遥远的对岸去。彼此冷冷地看着。人类奇怪吗？

有人低着头敲敲打打。几个人围在一起，对着机器指指点点，商量着什么。

相邻的空间里，有人推着车走向角落。一台巨大的机器，仿佛一个巨大的门楼，下面站着一个人，一脚着地，一脚踩在黄色铁柜子上，身体前倾，在用力掰着机器上的什么东西。我有点奇怪。这么高科技的机器，还需要手工矫正？若否，他到底在干什么？

走遍一层楼，人影寥寥。问陪同者，公司里有多少员工？陪同者明显担心我们把人数多少与产业规模画上等号，答曰三百人，并特意强调，其实也不少了，现代企业不搞人海战术，偌大厂房，几个人操作足够。他说得没错。整个车间都荡漾着轻微的噪声，那是母鸡下蛋的低吟，母亲产仔的号叫。新生命萌发进行时。

问，现在工伤多吗？答，几乎没有。工人以操作电脑为主，不似以前，人和机器必须直接接触。另，红外线报警机制已相当成熟，稍有异常，便发出警报，砸伤烫伤摔

柔软生活往往以此场景为背景。

伤撞伤之类，已经绝迹。

问，人家给你一个模型，照做即可，你们的技术含量在哪里？可否认为就是一种无脑生产？

答，也有施展空间，这种施展空间会决定整个产品质量。比如说这个座椅的侧板，客户只给我们一个概念的数模。当我们落实的时候，会先做测试，拿出一个分析报告，把可能出现的问题，比如起皱或开裂等，反馈给客户，并提出修改意见。对方如果满意这个方案，让我们中标，我们就启动模具设计、打样、试装、组装等流程。就是说，客户不会把具体设计方式说得那么细，也没必要，他们更多的是给你一个概念，你的产品能满足这些要求就够了。这是一个双方不断磨合的过程，可以理解为共同创造，共同生产。所以我们也有研发部门，而且人数还不少。我们还会跟一些学校，比如深圳大学合作，产学研一体。

…………

有感而发提出这些问题，对方举重若轻回答完毕，似乎也有那么一点趣味，收获碰撞的快感。也仅仅是瞬间的快感，甚至，他们的答案是什么都不重要。空气里弥漫着致幻一样的氛围，转头就忘掉。

还是那句话，没多少人真的留意生产过程。人类会关心自己成长中的每个环节，一个孩子从体内孕育，母腹渐渐变大，到呱呱坠地，闭着眼吃奶，睁开眼看世界，渐渐爬起来，站起来，成为一个会哭会笑的人，此过程亦可兼及动物、植物，人类都津津有味地打量并与之同行。这是因为过程中他们都可以参与进来，感受到外界事物的体温和蓬勃的气息。

为什么要纠结于对视和回馈呢。其实只要静下心来看那些机器，它们由土地中的矿物质提炼而来，再由人类智慧锻造、打磨：这个地方为什么是 0.05 毫米而不是 0.1 毫米？那里需要坚固到什么程度？怎样才能保证天窗不漏水而又尽可能地把阳光筛进来……能从这种单调的语境中提取出快感的人，注定不太多，就像有人喜欢垂钓，在河边一坐四五个小时，旁边经过的人觉得好枯燥。有个人打量一台机器，一个模具，整整一个下午被思考拴住，也产生了和那个钓者一样的收获感，岂不也很美好。

那个人是你吗？

这样一个偌大工厂，只能是走马观花，来匆匆，去匆匆。和这里的人擦肩而过，从此握别，再也见不到。经过研发中心时，视野中出现很多年轻的面孔。他们一个个对着电脑，一句话都不说。不经意间，眼睛扫到桌子底下的一双脚，轻轻地点击着，白皙的脚踝被带动起来，仿佛在打节奏。那一刻，我感受到了生命的气息和这个坚硬世界的柔和。

疼痛的画

在烙画馆里，听主人介绍烙画的历史，我脑子里出现一个画面，原始人拿着烧火的棍子在刚刚杀死的一只猴子身上捅了一下，觉得像一个花纹。于是他就继续捅，继续捅，按自己的想象捅下去，猴子的身体上逐渐出现了一个果实图形。这可能就是烙画的最早雏形。他的儿子孙子比他进步些，改用烧火棍在木头上更细腻地"捅画"，形成了自己的风格并代代流传。这有点血腥和残酷，却可能更接近真实。介绍人把烙画的传说落在东汉刘秀身上，估计就像唱戏的人把李隆基奉为祖师，木匠说锯子是鲁班发明的一样，需要一个大人物为自己背书。

烙画（又称火笔画）注定是个小众的东西，比较直接的解释是"用火烧热铁笔在物体上熨出烙痕作画"。我视之为"疼痛的画"，古人在罪犯额头和脸上刺字并发配边疆，所谓"刺配"，疼；在胳膊上、后背上刺青，以明心迹，也疼。烙画只是换了作画工具，疼痛应没什么区别。

坐在光明区烙画基地宽敞明亮的大厅里，我拿着烙笔，面对一块木板，尝试着作画。木板上有事先勾好的线条，所谓作画，其实就是描摹那些线条。烙笔是一根像圆珠笔一样的小铁棍，从一开始就要小心，别让它触碰到身体。

烙笔开始是凉的，通上电，慢慢变热，直至发烫。烙笔自身不产生热量，热量来自外力，电或者火，那些积累起来的热量让笔疼，再疼，更疼，足以将其毁灭，它必须把这些热量排解出去，哪怕面前是一块死硬的石头。

那块木板好像一直在等着它呢。自从树木被砍倒，晾干，削删，变成一块平整的木板，就知道这不会是最终结局，而是一个过程。但等待的时间越长，它内心越是不安，盼着另一个事物快点凑过来，哪怕是一支滚烫的烙笔。

烙笔落在木板上，木板能不疼吗？它忍着，看接下来还会发生什么事。笨哈哈的人第一笔就使劲烙下去，木板吱吱叫，一股烟儿赫然而起，有一股焦糊味儿。这其实是烙坏了。即使这个人内心里涌动着万千酸甜苦辣，手下也得轻重得宜，把握好烙笔的角度和压力，落、起、止、走、住、叠、圆、回、藏，笔笔有千秋。一笔下去，有的深，有的浅，如果修改，就只能更深，不可能变浅；只能增加，不可能擦掉重来。只能更疼，而不是不疼。

世间万物，都会本能地拒绝疼痛，但疼痛又是这个世界的基本元素。爱恨情仇，都是疼痛之一种。不疼为麻木，小疼为痒，大疼为苦。在从小疼到大疼的过渡中，有一个巨大的空间。烙画高手的笔下，从浅到深，会有几十种直至上百种层次出来，恰如人类"疼痛"的千百种感觉。我只是描摹一个勾画好的图形，只要我爱它，认真对待它，就需把这些情绪都品味一个遍。

我看到过好多烙画作品，无论人物画、山水画、花鸟画，几乎都没有世俗表达中称之为"欢快"的色调。这从其颜色一眼可见。烙画以黑、棕、茶、黄、白五色为主要色调，没有粉，没有蓝（即便有，也是特意涂上的颜料，非其本心），不鲜艳。"黄"似可划入鲜艳一类，而烙画的"黄"，略似土黄，亦不堪道。它们整体看上去是那么沉稳：画山，那山站得住；画鸟，那鸟轻易不飞走；画云彩，那云彩飘而不浮。它们和木板紧紧贴在一起，成了一个凝固的"疼痛"。

好多人在这里描摹、作画。晾干、打磨之后的作品，无论朴拙、流畅，似乎都在草木间度过了春夏秋冬，经历了三生三世。它们那么淡定，那么干净，让你在盯住它们的那一刻，感觉自己成为画上的某一根线条，任谁也拈不走。

深圳美食一种

深圳有美食吗？深圳人被这么当头一问，感觉又突兀又无厘头。这个已被科技、金融、创新等标签贴了个满脸花的城市，似乎跟任何具体的烟火生活都不沾边。吃的东西并不缺，全国各地美食都在这里排排坐吃果果，湘赣粤，云贵川，陕甘宁青新……但哪个是自己的？好像什么都有，又好像什么都没有。

官方半官方性质的资料中，也不乏地方美食，比如沙井蚝。蚝者，牡蛎也，在北方叫海蛎子，大连口音被人称为海蛎子味。在福建称为蚵仔，以加水后的番薯粉浆包裹之，和以鸡蛋、葱、香菜等，煎成饼状物，即闽南名吃蚵仔煎。宝安县沙井镇（现在的深圳市沙井街道及附近区域）临合澜海，农耕时代以养蚝著称。城市膨胀后，海水遭到污染，现在所谓沙井蚝，多是在江门、湛江、汕尾一带以沙井技术养殖而来。其他，大浪、楼村等地有脆皮烧猪，大鹏一带有窑鸡，光明、公明一带有乳鸽，上下沙、新安一带有盆菜，等等。这些美食有个共同特点：被提起的次数多，但市面上并不常见。即如最受欢迎的光明乳鸽，也只是一家总店顾客盈门。

传统意义上的"深圳美食"，莫不如说是宝安原住民美食。现在的深圳，脱胎于宝安县却已大不同于宝安县，当年三十万人口的南方县城如今已是常住人口约两千万的大都市。两千万人口聚集于此，其传统肯定要再造，美食结构则要重建。这个重建，既立于既有传统，又需吐故纳新，充分体现当下风土人情。城市的生活方式，思维方式，一草一木，一地铁一高楼，都对食物构成产生影响，最终出现什么样的"本地美食"都不稀奇。由此，本文所讲的一种深圳美食就呼之欲出了——

没错，它就是海南椰子鸡。

我吃过多次海南椰子鸡。

进得店来，见桌上只备调料四种：切成片状的小米辣；沙姜碎，沙姜实类生姜，有一股古怪的香味，微辣，乃南方调味品之灵魂，有它在场，其余甘为配角；特制酱油，不怎么咸，稍甜；小青柠，算盘珠大小，碧绿，身上横划一刀，如伤口。等待上菜时，舀小米辣、沙姜各两勺，倒入酱油碟。捏起一粒青柠，挤汁水入碟。搅拌。四种调料，酸甜辣咸齐备，皆原生态，暗合了深圳人对养生的信仰。

所谓椰子鸡，准确的表述应该是椰子鸡火锅，底料为椰青水。我在一家椰子鸡店的停车场附近，看到两座小山般的青椰壳，心想，都扔到垃圾场多可惜，若将这些坚硬的家伙制作成工艺品出售，既给艺术家和手艺人们找点活儿干，又能废物利用，岂不是两全其美？

服务生端上锅来，点火，盖锅盖。五六分钟后，水开，将事先点好的三件套：鸡肉、竹笙、马蹄一股脑倒入锅内，再盖上盖。粤地居民对鸡有着非同一般的情感，新移民又不排斥，遂成深圳肉类最大公约数之一。广东人吃东西，讲究一个"鲜"字。常态下，吃鱼讲究鲜，吃海货讲究鲜，这些都没问题，但他们的白切鸡，还带着血丝就端上桌来，所为何来？莫非是茹毛饮血的遗风？一问，要的就是这个鲜劲儿。此地濡湿，多年前一直是罪犯流放的烟瘴之地。

食物放不住，易腐烂，食之中毒。"鲜"是拒绝浓油赤酱和大咸大辣的，以免掩盖其腐败真相，归根结底还是自保手段。现代移民已无此需求，将鸡放在锅里煮，就解决了这个尴尬问题。竹笙，又名竹荪，真菌之一种，煮熟后，呈网状，或以微缩渔网比拟。据称是贵重食材，"草八珍"之一。营养固然重要，对我这个食客来说，口感好才是说不出口的终极原因，绵软而松脆，有嚼头。我在北京流连期间，各个街头小店都赠送一碟小咸菜，切成丝，口感细腻，很下饭。若不是"丝"，而是"块"，同一种食品就导致不同判断。马蹄者，荸荠也，圆形，削皮后，白如玉，可生吃可熟吃，有降火功效。南方人对"上火"有着天然的警惕。与一个客家妹子去河南饭馆，上来几张饼，就着牛肉吃，妹子问，这饼看上去好干，会不会上火？对"上火"（有时称为"热气"）的排斥，渐渐由土著影响到了多数外来人，亦成深圳生活中的一种普适价值。

七八分钟后，掀开锅盖，雪白的一锅。鸡、竹笙、马蹄，三白统一成一白，间以几片椰肉片，也白。此时别急着捞干货，先盛出一小碗汤来。汤也不能立即喝，与过桥米线的汤一样，上面漂着星星点点的油花，呈人畜无害状，实则热度极高。不解风情的，被它无辜表情迷惑，"吭哧"就是一口，舌尖顿时烫得像被刀割一样疼。真正的吃家都会先晾一会儿。

　　事先点好的烧烤，比如串烧鸡脆骨，已经端上桌。一根根亮晶晶的铁签子上，散发着孜然味道的脆骨，偶尔闪出一点光。此时可先小酌一杯。所有的海南椰子鸡店都会准备足够的配菜，拌牛腱、酱黄瓜、凉拌藕片等。嘴里垫一点酒味，接着开始喝汤。味道清甜，用小勺舀出来，一下一下地慢慢品，个个文雅。想不文雅都不行，稍快就烫嘴。椰汁的味道很浓。食客仿佛来到了海南的椰林中，在大而稀疏的叶子下漫步。这也许是和海南的唯一连接点。深圳的海南椰子鸡与海南关系不大，恰如扬州炒饭跟扬州关系不大。这就对了。本地化，就是要去掉太浓的异域风情。若真像泰国菜、印度菜那样，一听就遥不可及，偶尔尝个鲜还可以，不可能天天排队去吃。海南椰子鸡若带强烈的海南气味，排他性自然增强，如何能在深圳开出两千家店面，差不多每平方公里一个。

　　煮好的鸡肉、竹笙、马蹄等陆续捞出来，蘸着调料吃。马蹄清脆，竹笙软脆。鸡肉很紧实，有嚼劲。蘸料逼出了它含蓄的香。但小米辣也能把食客辣出鼻涕来，必备手纸。可以盛一小碗煲仔饭，用以解辣，中和一下。煲仔饭这种地道的广东本土食物，被毫无违和感地纳入进来，成为海南椰子鸡的必配主食。一个黑黑的砂锅，要垫着湿毛巾打开盖子。我曾想，进行一下技术改造应该不难，不就是安个不烫手的把手吗？后想，被改进的东西太多了，适当保留一点原始的东西，似乎也不为过。眼见服务生敏捷地揭开锅，铲子在里面飞快地铲、拌，一反手，碗里装了一半饭，再一反手，一片焦黄的锅巴盖在上面，油汪汪的，夹起来吃，不腻，配上店家赠送的客家酸萝卜，又脆又香，就是有点费腮帮子。

鸡肉、竹笙、马蹄，看着不多，吃起来很容易饱腹。这是许多南方食物的特点。北方菜馆盆大碗大，给人豪放之感。南方饭店碗小碟小，有点小鼻子小眼，其实不但能吃好，照样可饱。无论南北，都暗合了某种规律，都懂得人情世故。

吃完第一茬，汤更浓了。准备下其他配菜之前，盛出一碗汤继续喝，这碗汤比前一碗更具真实感，更成熟。可以小小地感悟一下人生。喝得差不多了，服务生过来添汤，有时添白开水，有时应要求添加椰青水。再烧开后，腐竹、小白菜、鲜冬菇、淮山、冻豆腐、海带结、香芋片等一拥而上。如果人不多，这些就足够了。

有些大肚汉，几个回合后腹内若还有空间，可以下一些米粉、河粉之类。雪白的粉在浓郁的汤汁中翻几个个儿，捞出来，就着调料吃。与街头饭馆里的炒河粉、炒米粉比，更清新一些。

据说海南椰子鸡在深圳的流行、做大，源于三十多年前罗湖区一个华侨店主的尝试，有很强的偶然性。估计他当时也想不到今天会普及成这个样子。不过这倒符合深圳特质。野蛮生长阶段，总有一些不可能变成可能。这些在深圳渐渐成型的地方美食，将来是否有可能借深圳之名走向四面八方甚至海外？也许吧。但无论何时，也不用改名为"深圳椰子鸡"。深圳只是想挣钱，那些虚名，要不要都无所谓。

Ⅳ 于无声处

过街天桥

过街天桥上有巨大的风。戴着头发就行了，尽量别戴帽子。风直直地吹来，头发被动地站起，紧拽着头皮，怎么吹都不走。帽子没那么忠诚，毕竟不是自己肉里长出来的。一个不小心就飞向天空，风越大它越来劲，且不往地下落，而是风筝一般远远地、高高地翱翔，直至不见。

桥微微晃动。是风，还是下面经过的汽车共振引起？抑或二者合谋？这么坚硬的桥都给人带不来安全感，遑论其他。我很担心过街天桥突然放弃信念，坍塌下去，如果正落在一辆车上，把它砸扁了，算是石块砸的，还是我砸的？

三条车道。地面上写有巨大的白字，左边写的是"广州、东莞"，中间"南山、福田"，右边为"龙岗、惠州"。

一辆辆汽车飞驰而过，压在大字上，迅速离开，仿佛镜头闪过，晃得眼睛有些迷蒙，神思恍惚。瞬间，自己的身子已经搭上车，坐在后排座上，跟着那辆车奔向前方。广州、东莞一定不是终点，而是节点，是另一个起点。走啊走啊，一天天过去，一年年过去，在天之涯海之角，那么多的陌生呼啦啦扑过来，拥抱我，亲吻我，淹没我……

赶紧把神思拉回。人到中年了，陌生于我何益？

这只是众多天桥中的一座。深圳到底有多少座过街天桥？我还真没数过。数了也没用，不定什么时候在什么地方又增加一座。这个面积最小的一线城市，几乎被路切割成了碎片。一栋一栋楼房在路与路之间坐卧不安。一条崭新的路随时从地下钻出来，从它身上再切掉一块肉。路越宽越长，天桥越多，仿佛是道路的鳞片，闪着耀眼的光。

站在天桥上，看滚滚车流堪比人流，乌泱乌泱的，整体的燥热气息汹涌而来，泯灭了每一个拥有左冲右突能力的个体。细胞与器官。树叶与森林，雨水与大海。你与时代。在孤悬海边的内伶仃岛上，见一猴群，一母猴拽过另一只母猴怀中的幼崽痛打，亲生母亲只能在一旁蹦跳、惨叫，不敢靠近。本以为与世无争的最和谐处，森严的等级仍清晰看见。回头看这路上，货柜车、SUV、小轿车、中巴车、跑车，都架在四个轮子上，一路向前。细看，红黄绿白黑蓝紫，大大小小，高高低低，光鲜与灰突突，分明是一个个一辈子互不往来的阶层，有一个无形的鄙视链贯穿你我他。高一个等级就多一分力量，他可以将其放在兜里一辈子不用，一旦转化为具体行为，随时都是无情的碾压。谁趾高气昂，谁小心翼翼，谁中规中矩，谁迷迷瞪瞪，尽在错车、超车，擦肩而过的刹那间。每一个细胞都明白着呢。都晓得身边事物的危险程度，要不怎么活到现在？貌似是人在驾驶着车，实则悄没声地成了车指使着人，皮囊既是思维的外化，却又反作用于思维。人类发明了越来越多的机器，它们的智慧形成惯性，量变引发质变，最后是否会取代人的思维？

过街天桥上这时远时近的镜头，居高临下的凝视，竟把一团混沌生生解剖开来。

汽车让道路流动起来，活泼起来。彼此的龃龉与磨合也未损伤它们的强大集体观感。但站在过街天桥上，它们不再是唯一的存在，甚至不再是最中心的风景。更远处

过街天桥上有巨大的风。

的楼房，颇具海市蜃楼的浩大景象，在风中飘摇，忽而显现，忽而消失，忽而移动了位置。天地间茫茫一片。笨重的汽车们，蚂蚁一样排成行，成为它脚下的一抹油彩。

　　和楼房同等鲜亮的，是花和树。立交桥的边沿上多挂花盆，最常见者，为深圳市花簕杜鹃，粉红成团，触若纸片，涩而凉。它们的气场跟垂直方向上道路两边的花树几乎没有可比性。抬眼望去，有花有树，花矮树高。树上也长满花朵，春日的黄花风铃木、紫花风铃木，夏天的鸡蛋花，深秋的美丽异木棉，隆冬的紫荆花、木棉，红黄紫粉，常常在路人登上天桥的瞬间突然冒出来，好像它们不只具有吸收汽车尾气的功利性能，它们平日猫在地下，只为等有缘人来见。它们在风中静止，把影像紧紧贴在蓝天上。它们是一道堤坝，在道路两边形成屏障，以免河水乱溢。车中的人眼睛直直盯着前方，哪怕走神也不敢斜视，两边的花晃动裙子下摆都吸引不了他们。非不爱也，实不知也。这些花是专为天桥过客准备的，让他们在奔波中眼前一亮。双脚踩在地上的人，比轮子踩在地上的人多了一个意外。这是他们的天赐良缘。

花树的缺口处有一个个不起眼的空当，在辅道上行走的人可以借此靠近道路。若无心理准备，就像突然被抛到了悬崖边，身子晃两晃，赶紧站稳，一不小心跌入车辆的悬崖，定然万劫不复。

此处和过街天桥上所见，完全是两个世界。仰视天桥，巍峨耸立；环视身边，纷纷扰扰。

汽车太快了，搅得周围事物都骚动不安。速度就是力量，就是魔爪，就是逮什么抢什么的野兽，还没等我醒过味儿来就把我带走了。我是一片叶子，被它猛地拉到天空，随着它们的方向翻滚，翻滚，双手乱刨，什么都抓不到。双脚毫无节奏地乱蹬，却没着没落。它跑着跑着忽然神经质地拐弯，我脱离其胁迫，一下子摔在地上，鼻青脸肿。而我连它的身形都看不清。恰似酒后被人打了一顿，清醒过来却找不到对手。气闷。

它们真吵，有发动机的声音，轮胎摩擦地面的声音，颠簸起来又落下的声音，还有挣命一样按喇叭的声音。无数个杂音混合在一起。它们好像在进行噪声大赛，彻底放飞自我。宽阔的路则像一个麦克风，将每个个体的声音都无限放大。耳朵要爆炸了。

天桥两边是对峙的山峦，东边一个，西边一个。有人冒险从这头冲到那头去，他认为自己很灵活，抱着侥幸心理，或者真有什么很急的事儿。他的身体被刹不住的车辆弹飞起来，碾压过去。后面的车迅速堵成一排，整条路都像肠阻塞。路两边辅道上零零星星的行人，有的围拢来看热闹，有的继续向前跑步。这些永不停歇的锻炼者，光着膀子，大汗淋漓，由内而外散发的热量，把头顶的树叶都支棱起来。身体里分泌出的多巴胺，令他此刻快乐无比。

无度的快和狂躁，血腥的场面，不断呼唤过街天桥。这里需要新秩序。食物无论多干净整洁，进嘴后被牙齿嚼碎，都会乱成一团浆糊。酷爱秩序的我，常常苦恼于此。在心理学上，这叫什么癖呢？看到天桥，心里就踏实一些，相信秩序已然形成。规范秩序有的靠强力，有的靠智慧，但终究还是靠强力。智慧只是强力之一种。天桥也是一种强力。如果不按它既定的路线走，你就可能成为悲剧的主人公。当然有时也犹疑，某些过街天桥离红绿灯并不远，满打满算二三百米，为什么要花几百万元钱搭这么一座桥呢？多走二三百米，还可以锻炼身体，他们需要这么争分夺秒吗？回到家不过是躺在沙发上刷手机。当争分夺秒成为目的的时候，真正的目的反而不重要了。

它只是强调一个事实：我有一个秩序在这里。我很帅。

从远处看一座座天桥，姿态各异。不负"帅"字。想象中它们应该都是一个样子的，走近了细究纹理，几乎没一个相似的，一定在某些微小处有差异。恰似街道上的楼房，看上去面目一致，其实内里都有不同，毕竟不是机器制造出来的东西。每个建筑背后都有一个设计师，设计者的体温传导到了天桥身上。深圳不冷，一年四季都那么热，但陌生的、无攻击性的体温，仍是这个城市难得的物质。

初到一个城市，在人行道上惶惶地走，每一张擦肩而过的面孔上，鼻子眼睛嘴巴的线条清晰可见，表情却生硬，他们身上的衣服，无论新旧，短小还是冗长，甚至他们脸上流的汗水，都比你的自然顺畅。这时候，一座突然出现的过街天桥可以强烈缓解焦躁。天桥不再仅仅是连接和秩序，更是抚慰。这真是城市人的福气。

歪歪扭扭的天桥，代表着一种秩序。

春花人行天桥的夜晚。

意识来自化学变化，也来自物理变化。一碗水加入海盐或者石灰，会产生想法。但一碗水加上一碗水，再加一碗水，放在脸盆里，就可以呛死人，如果足够多，还可以用来洗澡。随着体量的累积或减少，想法也相应变化。而实用型的天桥不知通过物理还是化学方式，不声不响地转化为意识上的天桥。

在深圳生活多年以后，我逐渐把每一座天桥都定位为"意识的天桥"。它们凸显了存在，撑起了一个又一个日出日落。它们既世俗又超脱，既存在又虚空。这是我的城市，我的天桥，曾令我心悸，如今让我心安。多少个周末和假日，我乘坐公交车来到一座座过街天桥旁，沿着楼梯往上走。有直梯，有螺旋状的，梯阶高度也不同，有的需要"跨"，有的只需小碎步，总之，都像在爬山。有时我会特意抬高小腿，加快步伐，来到桥上也是气喘吁吁，一脑门子汗，仿佛真的爬了一次山。

横跨十个车道，引入垂直绿化概念的新洲路人行天桥，形似海鸥飞翔的同德天桥，大气简约的北环南山人行天桥，小巧平和的西乡天桥……而我常去的是位于深南大道和南山大道交会处的春花天桥。

十多年前的 2011 年，为迎接一个世界性的体育赛事，这座豪华天桥拔地而起。有人爆料称此天桥花费二十亿，民间批评颇盛，后来官方辟谣说实际只花了五千万元，用料也没传说中的那么高端，一般材料而已。及至后来更为富丽堂皇，设置有九部自动扶梯，四部升降梯和六个步梯的创业路中心天桥横空出世，议论声反而小了。前者不经意间为后者打了一个掩护。第一次感到怪，第二次即见怪不怪。

春花人行天桥除步梯外，还有自动扶梯和垂直电梯。上边是一个闭环的大圆圈。从一个路口上去，可以不经红灯到达任何一个路口。上有顶棚，夏日可避雨，听头上叮叮当当的敲打声。遥望两条最为繁忙的街路，隔三两年就挖开一次，下雨泥泞，好像一直没停止施工，也没想过一劳永逸。周边的建筑有南山劳动大厦、南山公安分局出入境办证大厅、泰源装饰建材广场、新豪方大厦、名家富居小区等。好多年了，这些曾经容光焕发的砖头水泥开始变得沧桑。天桥上和步梯上的瓷砖也没好到哪里去，有的已现细细的裂痕，光泽还在，却不是意气风发的光泽，而是风吹雨打后日渐沉稳的光泽。它承载过成千上万个脚步，脚步走了，沉重留在上面。爱恨悲欢在这里被挤压在一起，没有非此即彼，非黑即白，质疑与对峙也越来越寡淡。整个是一种混沌状态，无秩序无条理。十几米高的大榕树将枝叶递到步梯上面来，绿荫浓。我在上面一圈一圈地行走，心想，这是融合了，和解了，还是因为感到无趣，各方心照不宣地一起放弃了？这，岂不也是秩序之一种？

天桥仿佛静止的传输带，接收一些人，丢掉一些人。一收一丢，背负和卸载，它又积攒了一些东西。如我一般长时间停留的人，更是给天桥增加了一些生气。不远处另一专门过车的天桥，城际快车呼啸奔来，天桥忽忽悠悠地震荡起来。我脚下的天桥并不正眼瞧它。人气令其厚重，人行天桥有自傲的资本。

天桥上不止我一个人。白天，有棚顶的天桥上，常常坐着一个清洁工。这个负责附近片区清洁的人，拥有比其他同事更多的财富——清凉。越是底层的劳动者，被考核和检查的次数越多，各种明察暗访，乃至钓鱼执法。他们战战兢兢，偷眼打量，看看谁是"上边"派来的人。但阳光太烈时，他也会跑到天桥上来歇息片刻。他们穿着黄色或蓝色的制服，都瘦、都矮，看不清面目、性别和年龄。他们或蹲或坐，或是打盹儿，或是坐在那儿刷手机，故意无视匆匆而过的路人。

傍晚，正值下班，天桥上的人多起来，清洁工退场，拿着扫帚在下面寻找烟蒂，地上其实很干净，找不到什么。天桥边上陆续出现临时摆摊者，卖袜子短裤之类，另外一些卖文创产品，各种吊坠，大大小小的葫芦，还有手机贴膜。同那些匆匆的过客不一样，一些过客可能天天踏上同一座天桥，摊贩没有固定摊位，今天这里，明天那里，漂泊不定。再晚些时候，八九点钟，一些吃完晚饭的人开始散步，在天桥上会遇到一两个卖唱的年轻人。手里一把吉他，旁边摆着一个小音箱，自弹自唱。我对他们几乎视而不见，也不知道他们唱的是别人的歌，还是自己填词作曲的。有一个晚上，我突然被一首忧伤的歌曲震撼到了。停下来，认真地听完。我甚至没有回头看看歌手长什么样，就站在那里，背对着他，仿若在打量天桥下面的风景。我一直认为这是一个缺少忧伤的城市。忧伤需要几十年几百年的沉淀，深圳铺天盖地的酸甜苦辣咸，只是量大，还缺少足够的时间酝酿。这个东西急不来。而此刻，我似乎闻到了一点想象中的气息。我担心一回头惊扰了这点忧伤。天桥上的事物只是暂时脱离了地面，离天还远着呢，名为"天"桥，美好期待耳，且放开它，让它慢慢长大。我把自己的头颅摘下来，放在脚边；把胳膊从肩膀上卸下来，也放在脚边。然后是腹部，是腿。我自己倒下来，所有的器官化成一汪水，在空中紧紧团结在一起，在音乐中荡漾，荡漾……

夜晚的天桥上，看不到星光，有时能看到大大圆圆的月亮，又容易跟旁边的路灯混淆；听不到鸟鸣，鸟儿们都躲到了僻静的地方，与此处的嘈杂彻底绝缘；即使下雨，你也只是身上变凉变湿，而感受不到轻轻的敲打与柔和的浸润。一切与农耕有关的东西在这里都无从谈起。但也正因如此，它才成为都市巨大的符号。有了它，都市线条清晰地站立在一片荒原上。

最近些年，只有外卖小哥沿着天桥中间的斜坡骑下去。那么陡峭的坡，旁边还有"请推车下行"的提示牌，但他们依然"刷"地骑下去。很熟练的样子。也许有人摔倒过，我却没见到。我只明显地感觉到，在天桥上停留的人越来越少。天桥越来越孤单。这些人虽然没有消失，但再也形不成一个气场。那个可以改变一个人、一群人、一个城市的气场。呈现在眼前的，是大潮回落以后漫长的寂寥和感伤。天空失温，柏油路失温，人行天桥也失去了温度。

再以后，它还会鄙视那座专门过车的天桥吗？

气中味

我是用行走来接触气味的，一边走一边忍不住像动物一样乱嗅。当然，鼻翼扇动的幅度不大，略等于无，别人觉察不到。他们最多看到一个行走中的男人左顾右盼，似与世界摩擦，摩擦，再摩擦。

夏日深圳的大街小巷，处处弥漫着一股植物气息，仿佛湿热的天气把植物的灵魂烤出来了。那是一种非原始的，经过提炼锻造后形成的综合性物质，有点暖，有点潮，有点攻击性，令鼻翼翕动，毛孔舒泰。但你让我找个词来准确描述它，还真有点为难。

比较明确的气味是花香。很多花都携带着香，从春到冬，依次有石斑木、七里香、使君子、假连翘、鸡蛋花、桂花、栀子花、白玉兰等。花香辐射范围有限，凑近了才能得其精髓，除非一整条街道都是同一种植物，比如紫荆花（又名红花羊蹄甲）。宝安区公园路与创业路交会处有一排高大的紫荆花，深冬季节于树下行走，暗香扑下来将你搂住，等你上了公交车，香味依然披挂在肩头。

常见怪味植物三种。一为糖胶树，树干高且直，每年七八月份开花，非常强烈的香。将夜时分，好似攒了一天的香终于憋不住，轰然爆炸。行人好好地走着路，谁也没招，谁也没惹，忽然被花香崩了一下子，上头了，脚步开始紊乱，摇摇晃晃。吾之香，有人将其定性为臭。沿此方向细品，确有那么一点臭。这两种截然相反的气味，怎会集于它一身。从哲学角度想，香极了便是臭，臭极了便是香，恰如酸极了便是甜，甜极了便是酸。物极必反，否极泰来，走极端者，最终变成自己讨厌的样子。

二为罗勒。名字带一股洋味儿，另有一个很中国的名字：九重塔。草本，植株小巧，层层叠叠，有点像塔。据称是做比萨饼的重要原料。一些饭店门口常有摆放，其味浓烈，亦介于香臭之间。怪怪的气味多如此，又香又臭，不香不臭，进退失据，没人知道它到底想干啥，故曰"怪"。

三为紫娇花，极像韭菜，故名洋韭菜。梗比本土韭菜挺实，五月开花，紫色，亦与韭菜花相似。本地韭菜吃起来味道大，闻起来味道并不大。紫娇花不同，盛开时气味浓烈。不明就里的行人在公园闲逛时提了提鼻子，很难把该气味和脚下的花朵联系在一起，只好问同行者：你大早晨就吃韭菜馅儿饺子了？

与植物并列的是地铁中的气味，吾曰"清甜"。甜乃所有事物的内核，高速运行的地铁甩掉所有杂味和伪装，只留下一颗跳动的心。这种甜略似房屋装修后两个月的味道，又似新买汽车驾驶室的气味，不是很呛人，却让你隐隐感受到危险，亦即，它不稳定，随时会变化，且指向不明确。

我对下水道的味道比较敏感。前些年去北方某大城游玩，大夏天，饭馆门前，宾馆附近，景区周围，处处都是下水道的味道，我们相亲相爱一家人仿佛在下水道中行走。其味以一字概括，曰"臭"。但臭与臭又大有不同。其浓度，有强有弱；其广度，有远有近；其层次，有厚有薄。我品味了万千气味，了解了它们细微的差别，向别人推介下水道时，却只能拿出干巴巴的一个字。谁知我此时的无力感，谁懂我此刻的痛苦。表达气味的词汇量太少了，远比不上其他事物。仅举一例，用于颜色的词汇，如红色，起码有枣红火红鲜红血红深红浅红绯红粉红酒红紫红之类，描写臭味的又有哪些？人类语言貌似丰满，其实远远不够，仍需不断创造，前些年亲见一个新词的诞生："酸爽"，本为广告中硬造，却获广泛共鸣而流传。原事物因质量问题下架，也不影响该词继续使用。这个口感专用词逐渐覆盖了嗅觉，比如刚踢完一场足球的脚丫子脱下袜子。

在深圳遭遇下水道味道的机会不多，但一度经常撞上没加盖的下水道——深圳河沟众多，污水管子根根插入河中，那种味道，隔着几条街路蔓延过来，清晰可闻。或曰，不可用"闻"，可用"熏"。闻乃人类主动，熏乃臭味主动。一主动一被动，攻守情势一目了然。

最近几年，深圳大大小小的河流经过治理，差不多全部改头换面，再也不臭。流水清浅，美人蕉和风车草在岸边叶子牵着叶子，向游人露出职业的微笑。罗非鱼穿梭于草丛中，一摆尾巴溅起几个小浪。我喜欢坐在水边，无由地发呆，下意识地一次次深呼吸，恨不能把那寡淡气味全部吸入肺部。干净的水应该鲜甜，像是削得很薄的"铅"，此时被潮气包裹着，鲜味变淡，好似什么都没有。化学术语中，纯水"无色无味无臭"，决绝地将"无"进行到底。其命运多舛乎？多年的无臭突然变成有臭味、多味，自己甩着身子挣扎，无济于事。如今转回到无臭，身上却还留下了"有味"的痕迹和记忆，需多年方可抹平。

早年生活的那个地方，一到冬天，整个城市上空连续几天流淌着焦糊味，呛鼻子。春天的沙尘暴里则全是土腥味。相比之下，深圳整体上是一个几乎没什么气味的城市。一路走过去，感叹花红叶绿流水缓，眼睛自然有巨大的获得感，鼻息则聊胜于无。两千多万人口的城市，每人一个气味，这些行走的气味本应组成一个巨大的气味场，宏大叙事，汹涌澎湃，可奇怪的是，都被消解了，是外面的虚空太大，还是气味互相争斗磨合切磋，最后自己把自己消灭了，留一个无味的世界给世界里的人？

鼻子是人身体的一部分，它对周围的感知，不应该少于眼睛嘴巴和皮肤吧？因此我还是希望遇到一些可以接受的气味。它绝非这个城市的点缀品，而是必需品，天空虽

在香臭之间犹疑的糖胶树。

然湛蓝湛蓝，如果没有那只鸟，仍然是死的。气味是这个城市的一小撮起义者，最早的启蒙者，揭竿而起时，整个城市都搅动起来。

具体个案两则。我喜欢猪脚饭的香味。问朋友，深圳市得有一百家隆江猪脚饭吧？友答，怎么可能，一个宝安区也不止一百家啊。后查某点评网的数据，深圳的"隆江猪脚饭"相关商户多达四千六百个。小巷子里，遍布湘赣木桶饭、沙县小吃、东北饺子馆以及隆江猪脚饭。隆江者，潮汕地区惠来县辖的一个镇。卤猪蹄是一绝，锅里永远煮着热腾腾的暗红的肘子和猪蹄，肥瘦相间。刚刚坐定，老板盛好饭，从锅里捞出一块，哒哒哒哒，拿起刀一顿乱斩，平收起来，往米饭上一盖，再舀一点汤汁轻飘飘一淋，甩几片菜叶，加一勺酸菜。我端着碗，先不吃，俯下身，鼻子凑近肉，噪一下两下三下，那个香啊，如一股正能量直冲脑门，顺着脑门流至全身，随后，虎躯一震。

猪脚饭有一副混不吝的表情，名为猪脚饭，不一定非猪蹄不可，老板常笑吟吟地问我，还加点什么？只见旁边的盘子里摆着猪耳、鸭脖、鸡翅、鸡腿之类，随意搭配，指向多维。店家一般配酸菜解腻，而我选择大蒜或葱，管他什么正宗不正宗，自己爽起来就好。大家心里都明白，无论配料怎么调整，都不会冲击到"香"，永远强调香，突出香，将它架到天上去。满足口感之外，在嗅觉上也给予足够的想象空间。这朴素的诉求作为终极目的，走啊走啊走不到头。

还有瓜子的香味。在北方形成的生活习惯，坐下来就想嗑瓜子，戒烟之后，嘴里时常空落落的，对瓜子的依赖加剧。像许多北方人一样，拜嗑瓜子所赐，吾门牙上有一个豁口，不影响笑，亦不漏风。与猪脚饭雷同，瓜子的香主要来自口感，也不顾此失彼忽略鼻子的感受。我一边嗑一边把瓜子皮扔进一个白色的塑料瓶内，不知不觉积满，随后大张旗鼓地将其倒进垃圾箱，腾的一声，一股香味猛地站起来，直挺挺给了我一小拳拳，不疼，那是瓜子在最后一刻对我的亲昵，也是它对自己的生命做一个最后陈述。

深圳四季不分明，若强行分解，可分为雨季与旱季，春夏多雨，秋冬略晴。我自然选择旱季吃瓜子。雨季的瓜子缺阳刚气。所有散发气味的物体，因时间气候地点不同，有细微的差别。微曦时，万物一觉醒来，精力充沛，味道会浓一些。被迫上夜班的事物，晨起疲惫不堪，气味就没精打采，甚至腐败。在南山海德路上的一棵树，和罗湖区红岭路上的一棵树，同源同宗，一棵被雨淋了，一棵被日头晒着，散发的味道也不一样。数不胜数的可能性，让气味显得迷人。

幼年对气味不怎么敏感，近些年越来越被气味挟持。那些气味在我鼻孔里撞来撞去，钻进细胞，深入身体，成为我的营养或病毒。恰如香烟于我，先是营养，后为病毒。大学期间开始吸烟，几个男生，一度把身上带着淡淡的烟味视为成熟的表现，男人的体面。一吸就是二十多年。忽一日，半夜憋醒，坐在床头挺着身子一伸一缩做深呼吸，氧气始终不够用。医院急诊，查不出个所以然，既不是神经性，也不是器质性。此后不要说吸烟，只要身边有人吸烟，也会立刻发作。一个人对一种事物、一种气味的需求是有总量控制的，超过额度，大门关闭。彻底挥别了。

我行走，我抬头望天。头上飘着好多好多的气味，像放飞的气球，赤橙黄绿青蓝紫，长方椭圆三角形。有颜色有形状，还会长大和变身。一会儿变成一个气泡，一会儿变成一波一波的浪潮，冲击着海岸。这些气味有善恶，有悲喜，有爱恨，有痛和不痛。我浑身沾满了气味，傻傻地行走着。身上的气味交叉感染，浓烈不可描述，当周围的人忍不住要喝止我的时候，那气味塌方了，消散了，无味，无味，空空的气息在流转。

迷路的种子

那颗种子趴在电脑显示屏一侧，上看看下看看，上面是三排书架，摆着硬壳历史书籍，沉沉的，好几年都没翻开过。一只拳头大的石块在书边睡觉，已三年多，仍未醒来。下面是主人王国华的脚，偶尔被蚊子咬一个红包。那颗种子叹一口气——根本没有可以扎根的地方。

它迥异于吾辈常见的种子。长方形，约五厘米，顶头椭圆，棕色底纹上有均匀的白斑。我在香梅路上散步时捡到的，当时不知为何要把它揣到兜里，又为何带到家中，擦掉它身上的泥，摆在我的书桌上。很明显，这是一个外壳，手感干而脆，稍微用力便会捏碎，若是在广袤大地上，种子脱颖而出，如孙悟空摆脱了五行山，只需一阵风来，它借势挪个地方，挥舞自己的生命力，左冲右突，上蹿下跳，无数的可能性在天地间荡漾。假以时日，成为一片森林也不是没有可能。可现在它被困住了，始终使不上力。我的房间成为它的监狱。它要被气哭了。

一个问题：它到底是种子还是果实？种子和果实有什么区别？搜索，专业的解释如下：

所谓种子，是种子植物的繁殖器官，它是由胚珠受精后发育而来的，成熟的种子一般由三部分组成，即种皮、胚及胚乳。

果实与种子最大的区别在于被子植物的子房参与了果实形成，将种子包被在子房之中，形成果皮。

读来不明觉厉。我有自己更个人化的理解：无论种、果，都是草木上掉下来的肉，都是花落之后的必然一环。种子可能是果实，也可能不是果实，而果实里一定有种子的身影。例证如西瓜子和西瓜，苹果核和苹果。后者包括前者，前者不含后者。种子是植物的鸡蛋，倾向于繁衍功能，果实倾向于人类和动物的实用价值，能吃最好，不能吃，能放在手上揉来揉去，盘它，把身上的油腻转嫁到它的身上，也行。

二者皆功利，名称不可得兼，舍果实而取种子也。

游人眼中只见紫花风铃木，自动忽略了旁边长豆荚一样的种子。

我常常被触目皆是的花朵深深吸引，恨不得一头扎进去，成为花心里的蜜，让蜂子高高兴兴地把我采走。我和它们一起甜。我抚摸着那些花瓣，手指头感受到它的冰凉或温润，像触摸着爱人的皮肤。它的颜色，它的形状，均属造物的创作，是神性的一闪。哪怕最简单的暗红五角形，让我凭空想象也想不出来。每一朵花都大不相同，且一条叶脉都不可更改。

　　种子则似花朵的狗尾续貂，本可戛然而止，偏偏余音不绝。再平庸的花也比最帅的种子更令人怜惜。

　　认真打量，种子并非那么不堪，它们有大也有小，小的如油菜籽、芝麻等，一抓一大把；大的如菠萝蜜、海椰子等，后者重达十五公斤。色亦多变，仅豆类就有黑、赤、绿、黄、白等。其状，大圆小圆椭圆扁圆，小巧玲珑。但它们有共同的性格特征，即，没有表情，不会说话，不温暖，生硬，和它对视半天，也难有撞击感，铺展不出忧伤或喜悦。

　　我并不因此而疏远它们。我数次在路边停下脚步，在横七竖八的枝条间，在密密麻麻的绿叶中搜寻它们的身影。除了一只跳来跳去的小鸟，什么都看不到。一整片绿强悍地和我对视。未成熟之前，种子们等同于无，在深圳，它们可以在一年中的任何一天突然出现，被黄灿灿、黑乎乎、灰突突的外套包裹着，呆呆地挂在树上，也就是几天的事儿，随后义无反顾地落下。谁见过种子在树上一呆两三个月？它们的意义在于深入泥土，在于萌发成芽。它们和花朵注定不同。

岭南一带有一种植物叫美丽异木棉，秋冬季节盛开，粉红的花朵被高高举起，劈开一条通往春天的通道。许多年里我以为它只有花朵。花落我转头。直到我与花朵熟悉得连彼此呼吸频率都点滴在心，才慢慢注意到它的其他细节。比如它的树干上有一个挨着一个的圆锥形皮刺，像古代的门钉，尖头冲外，不小心碰上，皮开肉绽，更不用想顺着树干攀爬上去。待大花落尽，枝头忽现一颗颗硕大的长圆形果实，状类北方的西葫芦，似乎摘下来可以炒一盘菜。又过些天，果实由绿变黄，枯萎爆裂，一朵朵棉絮喷薄而出，种子便藏在那棉絮中，随风飘散。有心人捡来棉絮做棉被或枕头，使用方法可参考北方的棉花。冬日暖晴，不经意间抬头，云彩似乎被人撕碎了，一小朵一小朵地在空中荡漾着，殊不知那是异木棉的种子在驾絮飞行。有的粘在树枝上，使劲儿挣啊挣，终究难挣脱；有的落在柏油路上，被呼啸而过的车轮碾压，碎成粉末，风一来，吹得无影无踪。极少数幸运者落在泥坑里，赶紧往里面钻，四周的泥土围拢过来，抱住了它……

棉絮里的种子和树上的花，都是植物一生中的一闪念，而非全链条，但我仍时常被那一刻的飞絮感动，仿佛看见另一个自己也夹在飞絮中，跟随着它越过楼顶，在一个个社区间徘徊。成熟之后到接近泥土的这个过渡时段，是凝固的忧伤。从盛极的花朵到冷静的种子，我从中感受了生命的连贯，宇宙的逻辑。由悲到喜，由喜到悲，否极泰来。这些人世的流程，它们一个都没有落下。这个过程让种子水到渠成，不再是花朵的累赘，树木的排泄物。种子的尊严由此得以确立。

我从没动过把一颗种子放进嘴里嚼一嚼的念头，或是直觉，或是后天从哪里得来的经验，即种子有毒。即便无毒，气味和口味也是一副拒人千里之外的态度，或苦或辣或臭。成千上万类种子，能与人为善，肯于直接变成人类所需营养的，不过有数的那么几种。即如人类经常食用的苹果、樱桃，其籽（种子）若被嚼碎，短时间内摄入过多，亦会释放氰化物，致人头晕眼花，呕吐乃至死亡。因其外壳坚硬，偶尔吞下不会被消化，而是直接排到了体外，故罕见意外事故，人所不知。幼年家中有杏园，杏核积攒日多。父亲以锤砸之，取出中间杏仁，在冷水中浸泡两三天，再以滚水煮熟，方可食用。浸泡期间多次提醒我们不可误食，以免中毒。

那些所谓的毒，大多不可复制，独一份，蓖麻的种子含有"蓖麻毒素"，红豆（相思豆）的毒素名为"相思子毒素"。种子吸收天地精华，提炼出只属于自己的武器，它怀揣利刃，身外长着棱角，向觊觎者发出警示：我还要繁衍，请勿靠近，如若不信，后果自负。在此之前，已经有不信邪的动物和种子同归于尽了。掘出地下的尸骸，嘴里含着一颗种子，腹部有一颗尚未消化的种子。血肉早已腐烂，渗入土中，骸骨和种子变成了化石，多么惨烈。不会跑路、不会讲道理的种子，只能采取玉石俱焚的方式，让敌人们背后互相提醒：别惹那些冷冰冰的家伙！

另外一些种子，却走向了反面，比如原产于墨西哥的

禾雀花的种子似镰刀。

石榴籽呼之欲出。

大禾草，种子颗粒饱满，汁水丰盈，人类在千万年的行走中，在万千植物里发现它味道还不太差，打不到猎物时，勉强可以用来果腹，便有意识地保护它，甚至种植它，将一部分种子留存下来，在合适的季节撒入土中，引水灌溉，给它施肥，站在不远的地方，用期待的眼神观望它。这一切都被种子感知到了。人类不是喜欢吃吗？好，我不但让你吃，而且调整自己的分子构成，调出好味道，变酸变甜，小心翼翼地抚摸人类的口腔和胃；积累蛋白质、糖类、脂肪、胡萝卜素、维生素 B 族、卵磷脂等营养，进入人类身体，变成细胞。这些细胞会渐渐控制人类的思维和价值判断，令其以更多的善意对待它们的种子。年复一年，它们和人类越走越近，人类把这些美味的草命名为"玉米"，大面积地种植。从高空望下来，整个地球上遍布玉米的身影。小麦如是，黄豆如是。原产于南美洲的"狼桃"，则渐渐进化为今天的西红柿。若无此迎合与迁就，岂有今日之皇皇大观？人类种植它们，像保护自己的生命一样保护这些统称为"粮食"的各类种子，为了争夺它们，争夺种植它们的土地，不惜一次次发动战争。是的，这些去除了体内毒素的种子，不再抵抗的种子，完成了和人类你中有我，我中有你的进程。一劳永逸，大路敞开。

但它们和那些野性难驯的亲友并未握别，在田野里遇到，还会彼此打个招呼。心中是否怀有芥蒂，不得而知。倒不用担心人类为了保护玉米而把玉米的亲戚们斩尽杀绝，人类的排斥，只能让以毒防身的亲戚们，产生出更多的毒。

玉米选择和人类共进退，谁知道是对是错呢？某一天，人类发疯，自我毁灭，玉米的野亲戚们照样可以在春风中一岁一枯荣，而失去了关照的玉米何去何从？对外示强、示弱、示好，哪一个堪为永恒的道路？

每一条路从近处看都是对的，从更高的远处打量，怎么说呢，终究也是对的。

书桌上这一颗长相奇特的种子，被我拍下来，发朋友圈求辨认，得到好多答案，计有胡桃楸、杨桃果、桃花心、香榧、千眼菩提等。每一个答案都是一条路，它长久地卧在我的案头，看着这一条条本该属于它的道路，无动于衷。此刻，我并不想将其种到外面去，我担心它根本没机会萌发。那我就尝一尝它吧，我敢确定它不能食用。凡能和人类达成一致意见的，基本都已经亮明了身份。此刻，它迷路了，彷徨了。我也迷路了。如果它毒性不是太大的话，我可以到路上捡回更多的"它"来，每天吃一粒。此一过程中，它也需调整自己，向我靠拢。终我一生，或许可以和它找到一个平衡点。我这不是在为人类试毒，而是希望借此走近一种植物。这是一件多么有益的事情，哪怕我只是开一个头，接下来，一代代的人前仆后继地试探它，温暖它，它也许真的可以成为人类朋友，彼此携手，向前走一段短短的路。

到哪里寻找忧伤的花

吾友余毛毛发言："英国一个诗人嘲笑济慈，说他没见过夜莺半根毛，却写出了《夜莺颂》。我怀疑戴望舒也没见过丁香，写出《雨巷》。这都是对的，大诗人特质，就是无中生有（非贬义）。但我们瓜众要实事求是，不要以讹传讹，丁香是欢乐之花，高雅之花，华贵之花，不是凄凄惨惨戚戚之花。"次日，毛毛兄真的冒着细雨上街拍丁香，在朋友圈发图并问："诸君，它有怨愁吗？……《雨巷》真是中国式的暗恋的巅峰。"图中的花，紫里泛白，一大坨一大坨地冲出枝头，呈爆炸状，呼喊状，摇头晃脑状，完全掩盖了背景。通身上下传达着两个字：欢喜。你眼含泪花，手持放大镜，都找不到一个幽怨的细胞。即便戴望舒心中愁怨郁结，若真见过丁香，也会被轰的一声炸裂，继而"依儿呀儿呦"地唱起来。

这么说吧，绝大多数花朵都是和欢欣、喜庆画等号的。人们寻花买花，也是为找乐子，振奋一下，没谁是为了痛哭一场。那么，有情绪低沉的花吗？有，白百合、白玫瑰、白色康乃馨以及菊花等。前几个，白色，显得庄重，尤其在我国，白色又与白事挂钩，适宜追思逝者。菊花呢，花朵小而肃穆，自甘卑微，凸显对方伟岸，亦合逝者。但它们表现出来的是悲伤、悲戚，情绪明确，对象明确。大家看这个词：悲伤！不是忧伤和愁怨。忧伤是淡淡的情绪，发端于花朵自身并指向自身，及以此花自喻者，并不针对任何外人。如果外人感受到了这种情绪，那是他自己的事。

丁香和白花系列既然被排除在外，那么到底有没有忧伤的花？如果有，是谁？

我没有答案。原因是，虽然我识花颇多，但确实不能一下子找出这么一种花，若硬要举出一个或几个例子来，担心花朵不同意，尤其担心爱这个花的人士不同意。不过，可以列举一下忧伤花应该具备的几个要素，以缩小搜索面。

其一，颜色要偏暗偏浅，不宜太明亮，红、黄、粉首

痛饮阳光，何来忧伤。

先排除在外，特别是大红、明黄等。其二，花瓣不宜太大太清晰。忧伤要有自由发挥空间，太确切的线条，画出条条框框，易消解了忧伤；但也不宜太小太细碎，若米粒、若豆粒等，如此，情绪突出不来。其三，生长位置不宜太高太低。太高了看不见，太低了，紧贴地面，大哈腰方见，身体不好的，脑袋一晕，眼前一黑，刚酝酿好的情绪全都整没了。最好是平视，或呈45度角低于头部15厘米左右，方便事主低头嗅之，以手触之，感受其渐渐蔓延过来的忧伤。其四，尽量不要耐旱。旱地植物普遍热烈，有一种"哎呀妈呀，终于冲出来了"的狂喜和放纵。忧伤的植物定然娇气，似葬花黛玉，如蹙眉西施，不耐热不耐旱，还要有点潮湿，向戴望舒的意境稍微靠拢那么一下。其五，略。

这样的花朵，应该是有的，但能否把观花者的忧伤情绪勾出来，还要看造化。戴望舒的丁香无疑是想象出来的。纯想象的事儿，好办。写实而又不能完全抛开想象的事儿，反而不好办。忧伤的花朵，静静在那里等待。左等没人来，右等也没人来，只能自己叹一口气，怨知音无多，妙人太少。

我和一只虫子的距离

远与近

在狮子山公园遇到一只小虫（不是"一条"。"条"的动物性太强。以"只"加诸其身，或可增些主观能动性），约一寸长，比火柴棍粗，棕红色，无毛，也许有细微的毛，没敢拿到鼻子跟前来看个仔细。它奋不顾身地向前爬，身子扭曲的幅度很大，摆出宁可累死也要远离我的姿势。如果它伸展开身体，笔直的样子堪称"美"，但它现在从内至外都透着狼狈。那点狼狈搅扰不动天空和大地，白云照样在天上飘啊飘，底色蓝得发黑。旁边公路上的泥头车轰然而过，掀起巨大气流。深秋不分昼夜地跑到跟前，一脚刹车停下，此时北方已变凉，秋裤与落叶齐飞，南方的树叶谁也没有变黄的意思，还执着于绿，遮起一片阴凉。它在阴凉处慌忙逃窜，小小的焦灼因为我的注视而放大，爬行的声音震耳欲聋。

我想都没想就跳入了它的身体。它就是我，我就是它。爬啊爬，肉皮擦着地皮，感觉有点烫，倒也舒服。目的地是正前方的那块草坪。作为一个人，我走过去不过十来步，作为一只虫子，一刻不停地爬也得五六分钟。高大的草叶微微一晃，世界为之轻摇。

只要进到草丛中，趴在土块凹处，远离站在路边那个庞然大物的"我"，我心就落地。我在土块旁等待自己的同伴。到齐后，一个跟一个地排成长队，在树干上跳舞，树枝上觅食，世间便是艳阳天。

路边止住脚步的我和作为虫子的我经此换身，方知都视对方为有害。足球场边，树上的果实荡来荡去，我刚要加快脚步靠近它，突然被半路出现的虫子吓一跳。虫子也看到了果实，整理行囊，做好了长途跋涉的准备。但我们相遇了。

我想的是，真恶心，是否可以踩死它。虫子想的是，今天出门没看皇历，碰到人了。要丢性命。跑。

半夜仰望一下星空，想想地球比那些星星还小，离那些星星又那么远，在宇宙中漫无目的地漂着，该多孤独。它身上凭空萌发出来的生命更该抱团取暖，卿卿我我，你喂我一口，我喂你一口，以共同驱散冰冷而漫长的寂寥。谁知它们的争斗从没停止过。相互之间的关系，居然是一条食物链，只有吃掉对方，己方才有机会代代传承，发展壮大。天敌、仇视，血红的眼睛，见面即以"消灭"为目的。即使一时半会吃不掉那具尸体，起码可以保证自己的安全。尸体无法站起来咬你一口。

　　看吧，海边腾起的白鹭，钻进洞里的蛇，深圳河中甩着尾巴倏忽而过的罗非鱼，每个动作都是那么平滑柔顺，拍出的照片完美无缺，其实缝隙里全揣着一份戒心。这种戒心令彼此不得安宁，睡觉时眼睛闭不严。它们和我们，我们和你们，必须拉开一个距离。如此，才不是二元对立、你死我活以及无休止的征战。非洲大草原上，牛群安然地吃草，大牛偶尔低头舔着小牛的脑袋。狮子们卧在几百米的远处，无精打采地打瞌睡。如果有一只母狮子站起来，稍微向这边走几步，牛群就会骚动起来，准备迎战或者逃离。

我把虫子放大了，我把自己缩小了。

这个距离具体是多少米，没法拿着尺子去测量。它们什么时候做出逃走的姿势，什么时候迈出第一步，什么时候翻蹄亮掌撒丫子狂奔，人类或有考察，牛和狮子族群里肯定没有传授这方面的知识，大家全凭直觉。是的，直觉。造物主在每个种群，每个个体中都植入了密码。现代科学认为各生命体可以通过气味、空气的震颤等识别彼此。窃以为这大大窄化了生命的本能。一定有一些我们完全不了解的东西操控着生命体们，令其在彼此合适的距离内栖身，井水不犯河水，各忙各的事儿；操控着它们突然爆发，拨开有形无形的障碍，奔向另一个合适的栖息点。

造物主不会忽略食物链上的任何一个物种，赐予其技能，锻造其筋骨，明示暗示它们的着力点，但有些物种还是消失了，尤其人类当了老大以后。站在食物链的顶端，在灭绝动植物的路途上，人类可真是艰苦卓绝，奋斗不止。他们按自己的需要来划定距离，鸡鸭鹅猪口感好，离我们近点。牛狗马驴日常生活用得上，再近点。这些统统被授予"人类的好朋友"称号。飞来飞去的鸟呢，用处不大，远点。与人为敌的那些豺狼虎豹，再远点。远点的含义其实就是生死无所谓，最好是死。你死我安心。

走在深圳大大小小的公园里，红花绿草能把眼球撑爆，植物的清新味道弥漫于周身。浅水中的几条鱼，枝头的几只鸟，倒也能绘出一幅山清水秀和谐图，仿佛人在画中游。但总觉缺少点什么。现存的生命类型得有千种万种吧，你天天能遇到的又有几种？偶尔爬过的一只蜥蜴都算稀罕物了，一群人围过来看。人类给它们留的空间非常小，亦即，它们实际与人类拉开的距离越来越大。人造的优美环境和野生物种的生存几乎是抵触的。耗费几十万元钱铺成的草坪上不会有打洞的野兔。侥幸存活下来的那些生命，要么被圈在笼子里，要么躲进深山老林。造物主在它们体内种下的基因信息已悄悄改变，如今，人类乃现实造物主，以"人"为中心，各族群都需遵循新的距离规则。谁不准看到另一个谁，另一个谁可以遇到谁，大家心里都跟明镜似的。各物种困守其中，只能通过秘密通道找到狭义上的同类以便交配繁衍。

　　我从那只慌慌张张的虫子中脱身而出，长舒一口气，感觉自己似乎掌握了距离技能。我还不能娴熟地运用，但我内心已经本能地排斥——排斥任何不同于我的生命。

多与少

晨烧一壶水，倒进盥洗盆，内有棕红色渣滓，摘下眼镜凑近看，乃一只被烫碎的蟑螂。有资料称，若在家里看到一只蟑螂，就意味着有一万只蟑螂隐于各个角落。又见辟谣资料称，不会那么多，但肯定会有一到两个蟑螂群。蟑螂这东西在南方低头不见抬头见，会飞会跑会藏匿，生存技能位居前列。若将其踩扁，一大堆细小若蚁的蟑螂迅速从尸体中逃出来，迎风而长，不几天就成为欣欣向荣的中坚力量。一只掩盖上百只，应不夸张。看着水池里漂漂荡荡的蟑螂残渣，遥想挪开某个器具后，一群蟑螂喊着口号向我扑来，那画面，太惊悚了。

吾非圣贤，却也爱花爱草爱护动物。客厅一只壁虎在墙上爬，脑袋灵活地左右摇晃，女儿吓得大喊，快来啊，壁虎。我告诉她，壁虎吃蚊子和其他小虫，无害。女儿说看着吓人。我说，我们将它赶到阳台上，作为家里的宠物好不好。答，好。于是以木棍轻轻敲墙，敲一下，壁虎向前挪一步，如幼时乡村牧牛。以后数天，偶尔在阳台上见之，如遇老友，对它轻呼一声"嗨"。它不回应。若有回应，不妨请它下来喝一杯。但只有这一只就好，最多两只。如果是一大群壁虎，比如说一百只吧，密密麻麻地看着我，我一定会头皮发麻，菊花一紧，脚趾紧紧抠住鞋底！在养鸡场见到铺天盖地的鸡，可以心静如水，因为我知道它们只是一团肉。野生的壁虎不一样，这是被神植入了无数信息的生命，每一单独的个体都不可避免地具有排他性、攻击性，无势能却有动能。

别说我叶公好龙。虽然我还算得上朴素的环保主义者，当然不希望动物灭绝，但在我自私狭隘的直觉中，也恐惧任何一种生命泛滥。童年，仲夏，绿豆成熟之前，叶子上爬满手指头粗细的豆虫，一望无际啊，纷纷蠕动着。从田间走过，感觉整个地块都在涌动，从此对"多"充满了恐惧。

不管是人类意义上的益虫或害虫，"多"就是"毒"。蚂蚁、苍蝇、蚊子，都严重影响过我的生活，我对它们依然无能为力。我力量大，一对一作战肯定打得过它们。但它们多啊，让人眼花缭乱。一群鬣狗围捕一匹角马，只能追一匹，而且要选比较小的那匹。疯狂的脚步溅起一路烟尘，荒野中的猎食者和被猎者都激发出无穷的潜能。眼看就要追上了，小角马冲入庞大的马群，你以为是增加了选择，其实是搅乱了视线和注意力。一堆鬣狗乱追一通，角马群如水一样散开，然后又如水一样聚拢到一起，毫无损伤。鬣狗们终无所获，只能悻悻而返。

多，是它们胎里带来的生存技巧。匆匆忙忙地长大，匆匆忙忙地繁殖下一代，匆匆忙忙地死去。此过程中，能多生赶紧多生，不管什么爱情，什么诗歌，什么风花雪月，繁殖才是核心使命。但它们自己不会搞计划生育，生存环境紧缩时，多取最惨烈的方式。我在锦花路的榕树下见过两群蚂蚁的厮杀，黑压压一片，尸骸满地，非常惨烈，颇似人类的战争大片。我没法上去劝架，估计这会儿谁都不听劝。我也不知道它们在战争之前是否先有论战，强调自己热爱和平，强调对方挑衅在先，等等。此战争可视为人类战争的山寨版、微缩版。人类价值观中，生命极其珍贵，乃至大于一切。而在宇宙那里，天地不仁，万物皆刍狗，人类的数量达到彼时地球的承受上限，战争和瘟疫可能交替而来。让一部分人类直接变成病毒，掠杀另一部分，即战争；让病毒进入人体，剥夺生命，乃瘟疫。从以前的麻风病、天花、鼠疫，到后来的艾滋病、埃博拉、非典、新冠，一个比一个高难。再往远处看，病毒永远在路上，即使有效控制了当下的新冠，将来一定会有更诡异的病毒出现，直至造物主按自己的逻辑完成调整。

想来，这个平衡点并非一成不变，否则造物主只需给出具体标准即可，何必一次次出手。人类（以及各生命体）的数量应该跟彼此间的距离也有干系吧。随着智慧增加，技术发明和使用，对自身本能的挖掘越来越深入，需要不断测出一个新的距离，达成一份新的默契。原先装不下几百人的一块地方，如今十万人或也相安无事。他们不拥挤，造物主就不折腾，不诅咒。悸动的平衡点，一头牵着"远与近"，一头牵着"多与少"，偶尔惊醒梦中的我。

一个疑问，若干物种消失的同时，是否有新的物种诞生呢？我说的是诞生，不是发现。在人类暂时坐稳老大位置后，它们还有进化和演变的机会吗？若没有，人类的伴侣岂不是越来越少？冥冥中感觉会有。毕竟，造物主只是需要一个总量，这个数量不能全部算成人类的，也不能全由人类决定。

大与小

不同于北方蚊子的傻大憨粗，南方蚊子狡猾得紧。它们来无影去无踪，你人畜无害地走着路，全身心投入正在想着的事，脚面和脖子上已被种了数个红包。待发现时，它已远走高飞。你虽然很痒，倒也不至于勃然大怒。习惯了嘛。越是小生命，越拿它无可奈何。跳蚤、虱子、蚊子、苍蝇，乃至蚂蚁、癞蛤蟆，莫不如是。但它们又是人类最常遇到的生命。它们的身形、体量，决定了其数量和人类的距离。如果是一只脸盆大的蜘蛛，我还能容忍它在屋角织网吗？当然，它也钻不进来。亿万年前，茂密的原始丛林里或许有磨盘大的蜘蛛，小恐龙撞到蛛网上都挣不脱。时过境迁，生存条件已不再，身形不变小就没有出路。一只豆粒大小的苍蝇，飞过去就飞过去了。如果像拖鞋那么大，我肯定一棍子给它打下来。身形小，目标小，进可攻退可守，船小好调头。大动物消耗的能量多，容易饿死，又不便藏身，反而很少敢主动攻击人类。有这本事的已被消灭得差不多了。哥斯拉只能是一个传说。

我在狮子山公园遇到一只虫子。想想挺有哲学意味。

狮子山公园只剩一个空壳名字，如果有狮子，也应该像猫一样。别说，我还真看到了一只流浪猫，卧在树杈间警惕地打量我。我心说，好吧，就把你当狮子了。以"适者生存"概括这种情况似最准确，以造物主打盹了，或者您的想法变了，硬让狮子变成猫，也都说得过去。以我个人喜好，用绝对功利的理论去描述它们的大与小，实在无趣。枯燥的日子里，我还是希望一个金刚在深圳街头现身。它走过深南大道，留下一个个巨大的脚印，汽车开过来都狠狠颠簸一下。在大鹏湾畔，它一脚踢飞一座烂尾楼。它在宝安区前进路上捏起一辆汽车，将其放在几公里以外的某个路口，后面的车堵得跟孙子似的，该车却少走了六个红绿灯。金刚凑近一座办公楼，眼珠子挡住窗户，楼里的小白领突然感觉眼前一黑……金刚为什么一定要和这个城市为敌呢，它也许就是觉得好玩。它来串个门而已。

　　本土异物也可。《山海经》中记载的"玄蛇"，即古时生长在岭南群山中的蚺蛇。粗大如台柱，有剧毒，身体所接触的草木皆会变成黑色，随之枯萎。该物可直立行走，追人逐物，迅捷无比，据说见鲜花则停步不前，被称为"生性好淫"。今日深圳，已非昔日蛮荒烟瘴地，鲜花颇有

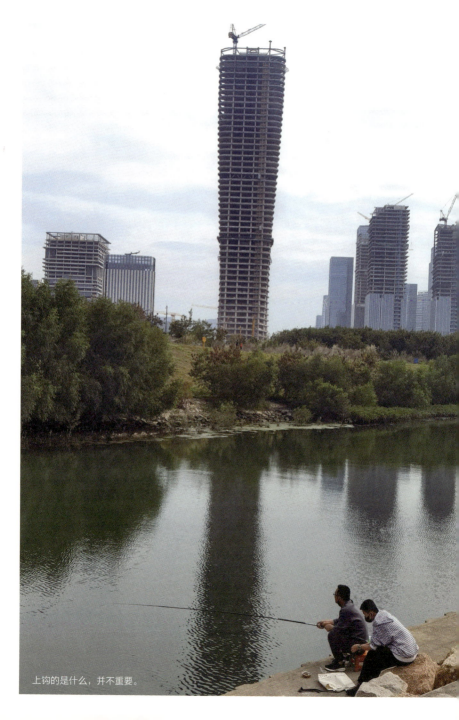

上钩的是什么，并不重要。

一些，就让蚰蜒来观光吧。走在路上的人，抬头看见蛇吐信，低头又遇花盛开。想来挺有诗意。它们属于另外一种规则，穿越千年而来，虽暂时打乱这个城市严丝合缝的秩序，却也带来些许趣味。星球上的人类本已很孤独，都快得抑郁症了，就别再削减这些意外和惊喜了。

也许明天出门就遇到它们。关灯睡觉。

亲与疏

二狗相见，龇牙咧嘴地狂吠。铁链子咔咔作响，两个主人各自使劲往后拽，它们还是互相撕咬了几口，狗毛粘在嘴边，狗食盆子也被撞翻在地。二狗本为母女关系，小狗长到一岁时被朋友领养抱走，今日特意领回，以为会是骨肉重逢的感人场面，谁料却是素不相识的同类争抢食物的你死我活。鸟窝中几只叽叽喳喳的小鸟，闭着眼，鲜嫩的嘴巴一起大张着朝向空中。大鸟叼来食物挨个喂养。这些从小一起长大的兄弟姐妹，不久即各奔东西。在树尖儿、楼顶歇息时碰到，谁也不会伸出翅膀打打招呼。由此想到，我成为狮子山公园里的那只虫子后，下雨时我会跑到哪里去，会有一个温暖的小窝供我藏身吗？在窝里，会有另外一只虫子等我一起吃饭吗？如果没有，孤零零的我，活着的动力又是什么？

至今我也不敢确认除了人之外的生命体是否存在情感交流。它们的情感凉热、表现方式可以不同于人类。关键是，它们有吗？

一条大鱼被带到海边，投入水中，砸起一片浪花。海风吹乱了放生者的头发，大家一起鼓掌。大鱼游了几米就掉头回来。岸边人拿一根小棍往水中驱赶，嘴里说着，去吧去吧。大鱼仍不肯走。放生者内心感动，认为这是大鱼不舍，其实那是一条淡水鱼，只能在江河中生存，置于齁咸的海水中，如进油锅，怎么受得了？一头猪在寺庙前向香客跪拜。香客纷纷拍照，以为神迹。而在猪那里，一阵奔跑后，需要稍息，基本姿势就是两只前蹄先曲折，而后后蹄再弯曲。还有流泪的牛，反哺的鸟，等等，这些口口相传的"万物有灵"，莫不如说是对万物的鄙视，若真有灵，难道只能通过这么低微的，若有若无的，靠猜测和臆想才能获知的方式和人交流吗？

是的，耳闻目睹不乏类似故事，狮子和老虎和睦相处，蛇和老鼠互相关照，小狼和老狼开心地打闹嬉戏，这些个案，这些动物的本能反应，还算不上人类意义上的情感，掩盖不了整体的粗疏。残忍一点说，都是幻觉。

这更像是人类情感在动物身上的投射。他们需要同情和同理心，需要感恩，需要回报，同类给不了这些，他们就到族群之外寻找。人类自身有多少情感，反映到其他生命体上就有多少，甚至更多。各种皮囊包裹下的肉，只不过是拿来说事的道具。当我变成狮子山公园里的一只小虫，奋力前行时，似乎窥探了这个秘密。思考问题和表达情感，太耗费能量了。人类群体中，那么多长于思考热爱表达的人，他们真是体力超强。他们把自己的感受谱成曲子，用高音低音唱出来，还不能跑调。他们走遍山川，寻找灵感，写成一本又一本"街巷志"，他们在屋子里静静地对着电脑，一坐一整天，身上的热量不断散发出去。我一天使用的卡路里，需要啃咬半个小时的树叶，怎舍得如此浪费。什么心潮起伏，什么头脑风暴，有多远滚多远，我的能量只供自己最基本的存活。

但这仍只是一种表象。另外一个原因也许是大家体内被种下的信息里，缺少"沟通"这个元素。或者说，有这个元素，但大家都没有觉察到。这种潜能需要挖掘，需要激发，像一根草、一棵树一样，有一个萌生长大的过程。而有些生命体，还没来得及感受到这个信息的存在，就已集体灭绝了。

故，人和动物，注定是各自孤独的，不管有没有人类的斤斤计较，刻意疏离，大家都要互相躲远。而且，人类自身又怎样？早晨在路上看到一辆大货车把一辆逆行的电动车压扁了，地下躺着一个人，身上蒙着一块白布，旁边一摊血。马路牙子上一群人在远远地张望。骑共享单车的人一脚踩着柏油路，一脚踩着车镫子，面无表情地歪着头围观。开车的人则一刻都不敢停，绕行而过，后边还有人在催呢。旁观者内心里荡起的波澜，和看到一只耗子被压死的波澜有什么不同？病人躺在床上，身上挂满各种各样的瓶子，坐在旁边的人眼巴巴看着亲人一口口咽气，一点办法都没有。他们感情浓烈，又能做得了什么？彼此依然隔着千山万水。这一生，不过是相伴走一程，下一程就换人了。和动物陪伴人类又有什么区别？

下夜班回家，已是凌晨两点多，岭南的冬天，无风无雨无阴晴。我搞不懂这是什么天气。脑袋昏昏沉沉，在电梯里见到一只大个的蟑螂，它瑟缩在角落里，没处躲藏。我也没处躲。它静静地盯着我。蟑螂有眼睛吗？即使有，也不可能有滴溜乱转的眼珠。若在平时，我一定掏出一张纸将其拍住、捏死，此刻心里满是柔软的情绪，无尽的伤感弥漫于整个电梯厢。我甚至想蹲身和它说句话。下了电梯，又遇一只猫，它正趴在楼道里睡觉。见到我，猛然起身，真正的四目相对，谁也不发一语，但它的眼睛里充满了光芒。半夜是生命体们追问体内信息的最佳时刻，也是灵性渐苏，和神最接近的时候。我仿佛看到了什么。

灵光一闪的假想：世间那么多的生命体，不是人类刻意躲开它们，而是它们刻意躲开人类。也许是等着将来的某一天，以人类不能理解的方式征服地球，登上王位。漫山遍野都是它们搭出来的窝，仿佛今日人类的高楼大厦。人类反成俎上肉，任人宰割，挂在案板上论斤出售。因为此前没有和人类的情感互通，它们无需为此负疚。

现在的它们，只是在积蓄力量，深挖体内潜能。

我的天。

动物会想到死吗？

一只鸟低头啄食的时候，会不会想到将来有一天，自己无缘无故曝尸于密林中的落叶上，或者飞着飞着被地面上一个持枪的人击落。然后，它屏住呼吸，心里充满了忧伤，它因牵挂自己嗷嗷待哺的幼崽而无法进食，并担心另外一只鸟飞到自己辛辛苦苦搭建好的鸟窝里，鸠占鹊巢，和自己的配偶甜甜蜜蜜过日子。它是否想到鸟生天地间，不过沧海一粟，最后连个幻影都留不下。我看着鸟儿抬起的头，试图从它的眼神里找到一点相关迹象，可我只看到了灵活的转动，渺小，却清澈又透明。

一条狗混杂在村边一群狗中，冲着一只奔跑过来的花豹狂吠。那一刻，它来不及想身后的事，却实实在在感受到了死亡的迫近。它一跳，下意识地避过花豹的攻击。等花豹叼着其中一条瘦狗跑掉的时候，它是否暗自庆幸？毕竟那条狗和它没有血缘关系。下次再见到花豹时，它是否会远远躲开——不是血脉压制，而是看到了自己被撕得血肉模糊的惨状？

但这短暂的恐惧与死亡的大惶惶又有什么关系？

死亡，多么沉闷，多么庞大，多么坚实，怎么能视而不见？那只踮着脚尖在墙头上走路的傻猫，那只随时被我踩碎的蟑螂，它们日日夜夜的生活，只是当下的生活吗，毫无关于未来的规划、对生与死的追问和宇宙的遥望？

好吧，不再追问了。人类自己似乎找到了答案。即，他们在代替它们打量，代替它们思考。他们踩着它们的尸体和尊严，在死亡的大惶惶中踌躇不前，皱着眉头，扪心自问。他们显得那么高深，散发着神圣光环的躯体上，带着那么多可能性。他们是它们的神。

可死亡亦非终点啊，只是离地球上的生物最近的一堵墙。无人（物）可以自由地来回穿越。它坚实地站在那里，仿佛就是终点。死胡同里的终点。谁对它都无能为力。

而那只鸟的目光是否早早越过了墙体，看到了更大的虚空，所以才无需在死亡上多停留一秒钟？死亡不过是虚空汪洋中的一滴水。

　　它们更高，更快，更缥缈。它们甚至是虚无的，只是套着一个鸟的皮囊和羽毛而已。它们飞、奔走、碎裂，都是按着既定轨迹行进。狗如是，猫如是，蟑螂如是。

　　这让我一惊。难道我比它们短视？我对死亡无论如何沉溺或刻意疏离，都是坐井观天，而它们才是引领者？

　　我还以为自己孤独呢，它们也许更孤独。当然，也许相反。谁知道呢。

地下十米

我都不知自己是如何进入地下的。就像一个跳水运动员，在跳台上扭肩膀，扭腰，做够五分钟的准备动作，伸开臂膀，深呼吸，仰头闭眼，还没起跳，脚下一滑就出溜下去了。

此前我想了很多。地面和人是格格不入的，我应以什么身份进入。若为固体，那就是"钻"。脚上安个钻头，尖酸刻薄，一头扎入，在土地上硬生生抠出一个容我身体的洞口。我走到哪里，洞就在哪里。它的伤痕，我的道路。若为液体，那就是"流"，或者"渗"。地下总有各种缝隙，见缝插针，顺流而下，根据既有的一切，随时修订自己的路线。若为气体，只能是"飘"。行进方式略似液体，又比液体更具可塑性。但气体也会碰壁。那些坚韧无比的岩石和堵得满满的地下水，都会见招拆招。所以我只能选择三种身份之外的一种，我称之为"无体"。其形，可意会不可言传。其质，现有词汇无对应。没有事物可以阻挡它——这种方式确确实实存在。

我还准备了背包，内装电钻、相机、录音机、翻译机、干粮、矿泉水、速效救心丸，等等，就像一次专门的出游。

毫无仪式感地入地后，像被兜头浇了一头冰水，凉啊，刚才那湿热的空气瞬间消失，由彼至此，无需过渡；静啊，仅仅一两米的地下，脚步踢踏，汽车鸣笛，这些声音都被一块无形的钢板隔在头顶之外。地下是另一个世界。我向前行走，自己掌握着方向盘，可快可慢，可进可退，无需推开厚重的土层，我与土层融为一体。

第一眼即是一窝老鼠。刚出生的小耗子粉嫩粉嫩，闭着眼，偶尔吱吱两声，大老鼠左嗅嗅右嗅嗅，脑袋灵活地转来转去。第一次看到这么长的洞，并不潮湿，曲曲弯弯，直通上面茂密的绿化带。洞口很隐蔽，也很安全，谁会无缘无故扒开绿化带找它的麻烦。试着用胳膊探测，刚好撑满。老鼠们无视我的存在，即使和我对视。我看到一双双亮晶晶的眼睛，它们感知到的是一股淡淡的莫名的热气。

还有蛇。我没想到蛇的洞穴离老鼠洞这么近。那条蛇垂垂老矣，半死不活地趴在浅浅的洞中。它再往左边挖两三米，就和老鼠窝打通了。那么多年，这两个你死我活的天敌是如何忽略彼此的呢？灯下黑？更近处的一窝蚂蚁正忙忙碌碌地搬运食物。哪一天，这条无毒的蛇薨终于洞中，蚂蚁们就会循味而来，将其分解为一块块的碎肉，搬回自己的家中改善生活。

还有蜈蚣。还有我从没见过的虫子。就统一称为虫子吧。我若有科学知识，是可以叫出它们名字的；如果叫不出来，那我就是发现了新物种，凭此一招就可以后半生吃香喝辣，再不愁房贷和车贷。

榕树的根历历在目。榕树之根实为气根，长在树干上，须子一样，越长越长，逐渐触地，再往下扎。露在地面上的就成了新的树干。扎到下面的，坚硬而扭曲，与我碰了个对脸。在地下行走的我，所有事物都是那么切近。

树根、草根、植物的块茎，它们不是死的，也在运动，仿佛影片小猫小狗的慢动作，一拱一拱。真美啊。我若是画家，亲眼得见之后，一定能绘出举世闻名的作品，成为当代毕加索或者凡·高。可惜我不是。

下水井。那个空旷的巷道里，藏污纳垢。我这么爱干净的人，怎受得了那股味道。一路走过去，破旧的鞋子，婴儿的衣服，干枯的树枝，辨不清面目的塑料制品，横七竖八。它们被雨水带到这个地方，再无下文，要慢慢腐烂于此。在它们的身下，一株绿草顽强地探出头来。

电缆、输油管道、输气管道、水管。人们的生活越来越舒适，体现在地面以下，就是增加更多的管线。管线如利刃，把土层切割成一块一块。那么长，那么粗，彼此交错穿越。偶尔有一条按捺不住火气，便冲出地面，引发惊叫一片。路面上迅速聚集了大批工人和机器，有条不紊地开膛破肚动手术，轻松压制暴动者。

一坑崭新的共享单车，层层叠叠。上面的土并不厚，但也长满了新草。这些地面的精灵，最短距离的载客者，如何落到这般田地，不得而知。它们旁边还有一堆、两堆骨殖。是几年前的，还是几十年前的？也看不出来。走在平整的路面，谁想到下面有这么丰富而残忍的内容。

　　我执意要到地下来，并非全出于好奇，也有一点目的性。以前，我读一本书，如果作者写得足够好，我会身不由己跟着作者进入"他（她）世界"，多少天走不出来。那种感觉很美妙。如果作者的书是一个系列，有一个整体的架构，我可以在里面居住，乐此不疲，久而久之，在其庇荫下培育了自己的喜好，定型为性格。看一部电影，听一个人的歌，比如罗大佑的歌，就会跟着他喜悦和哀愁。我与这些"他者"常常穿越彼此，互换身份。一个我，可以成为多个我。现在我天天刷手机，读简短的文字，看短视频和段子，几乎没有超过一两分钟的时候。这种碎片化带给我巨大的快感，却让我像在地面上走马观花一样，无法与任何一个信息互换身份，它们都是以我王国华为中心的消费品。天地间再无一个他者。这些海量的信息像一股大水把我荡起来。我刚低下头，一个浪来，又把我荡一下。几年过去，我感觉自己变了，貌似和很多人发生了关系，却不再与任何人发生关系。

　　极孤独。

于是就想，可能是身边的气氛不对，这里人气太重。换一种情境吧。天空，不合适，抬头即见，把自己暴露在所有人面前。我还腼腆，岂敢如此招摇。地下倒可以试试。一个人走路的时候，我是产生过这种想法的，脚下到底是什么，我踩到了什么，是谁的脑瓜顶？

在地面下平行行进，不小心会突然穿越回现实世界，一辆辆汽车整整齐齐排列着。好大的场面。有人拿着钥匙在找自己的车。有人趴着身子往后备厢里装东西。我先是一愣，以为自己回到了地面。其实这里是壹方中心或者海岸城的地下车库。现在的我是穿墙而入，绝非"穿墙而出"。我从另一个世界掉进喧嚣。我的身份变了。这里没有我的车。幸亏自己反应快。若不及时转回去，后果堪忧。

有时候，也被突然而至的地铁吓一跳。那个硕大无朋的家伙贴着我的鼻子尖儿飞了过去，里面晃动的人影粘连在一起。这个漆黑的通道，每隔几分钟，就有一个巨兽呼啸而过。以我目前状态，倒不用担心安全，可以轻松穿越之。这里的土，本是整体一块。几年前，一台盾构机钻到地下，像特大号的老鼠，一边钻一边往外面掏土，生生掏出一条通道。

地下停车场和地铁，连接着地上和地下，却与地下无关，不会得到和透露任何地下的消息。这些尸位素餐的假象，很容易把心怀期待的人带偏，需警惕之。

行走在地下，不经意的穿透是常有的事儿。我也曾突然从厚土层进入了海水。当时只是走神儿，被伶仃洋的海水灌了一鼻子，呛得我连连咳嗽。海水和土层的区别大了去了。土层里隐藏着那么多的秘密，每一个都独立于地面事物。海水里豢养的鱼虾鳖蟹，根儿上讲，还是地面上的东西。它们的庸常之气差点要我的命。我连滚带爬地回到土层中，捂着胸口喘了好半天。

我还看见了病毒。那些一度在空气中飘来飘去，肉眼完全看不见的病毒，此刻现形了。它们蠕动着，挣扎着，圆滚滚的肉体令人恶心。被压在五行山下的孙悟空只有一个，这里的孙悟空数以亿计。每一个身体都被压着一块土坷垃，难以飞跃。土层里的冷和静，是它们最适宜生长的环境。亿万年了，病毒们目睹地表上的智慧生命换了一茬又一茬——都是自己把自己毁灭，然后重来。现在地表上的初级人，不过智慧生命的一个阶段。这些病毒像对待历届生命一样，对人类毫无善意，就像人类对它们毫无善意。但若说它们浑身恶意，也不确切。天地不仁，以万物为刍狗，病毒亦然。即使参与了智慧生命的轮回，无爱亦无恨，只是按着它们自己的节奏行走。如不相见，并无剐蹭；若有剐蹭，房倒屋塌。

就在病毒旁边，一股股清泉正在聚集，这是上面的雨水渗漏，还是土层深处的血脉上升？

我在地下行走，看到的这些事物，并不是各自独立的。老鼠在啮咬病毒，海水悄悄漫延进停车场，树根紧紧缠绕着煤气管道，地铁碾轧着植物的块茎。它们给我新鲜感，让我有了深入事物内里，与其身份互换的诉求。当然这是我的一厢情愿，对方怎么想的，我并不清楚。它们只是给我提供一个视角，一个证据，让我暂时从碎片化的浅尝辄止中走出来。不过，这个小小的功利性目的，在行走的过程中，也越来越淡。抱着一定的目的而来，最后脱离了所有目的。

每一个新鲜的事物，莫说内核，仅其表面都已足够让我震撼，以我初级人的智力和想象，还远远理解不了，甚至记录不下来，描述不下来。我把受众能够接受的事物先行告知，那些他们无法接受的，只好大量忽略掉。此时，背包里的东西帮不上我任何忙，拿出一件来，左右打量一番，扔掉。再拿出一件，再打量，再扔掉。土层里不知不觉就增加了一些粗制滥造的工具，有一天被后人挖出，以为是宝贵文物。

我给这次出行设定的距离是地下十米以内。这个距离，仍是我所居住的城市的延伸，地面一部分，地下一部分，彼此有关联。说它有用，但你看不着；说它没用，也得让它慢慢变得没用。那是歌唱的尾音，袅袅回响，不可能戛然而止。再往深处，是熔岩或者愤怒的地震，已无人气。我怕。

需要补充的是，在这个区间，我还意外地遇到了身边的一些朋友，近人、郭社勋、徐西、许木林、方涛、李夏俊……他们背着不同颜色的背包，煞有介事地各自前行。有人头上还挂着一个蚝壳，我判断他也曾误入海水中。进入土层这么大的事，大家此前居然都没有沟通。这些平时与我偶尔身份互换的人，也和我一样孤独吗？

　　我要回去了，跟他们连个招呼都没打。有事到上面去说。

拥挤的影子

　　我站在路边看影子。深圳夏日的正午阳光，烈如火，烫如炉，明如镜，清似水，什么影子照不出来！平时这些影子都藏在高楼的阴影里、城中村的夹缝里以及林荫路上。脆弱的它们，风一吹就星散，雨一来就流走。今天只因我在这里，都一一显现出来了。

　　庞大的影子，呼呼啦啦伸展过来，宏大叙事一般，地面都跟着一颤一颤。渺小的影子，叮叮当当，一蹦一跳，远远就能感受到那种灵动和调皮。大大小小的影子穿插着。它们明明来自同样一群人，个头差不多，穿着也相似，都是超市服务员嘛。怎么会反差这么大？影子对她们来说，似乎不只是影子。

　　深浅也不一样。同一块地盘，一辆汽车闪过，影子如涂了浓墨，用手蘸一下，湿漉漉的。另一辆汽车过去，浅浅的一个影像，似有似无，以脚驱之，它们竟从黑白中脱离，变颜色了。有红色的，粉色的，蓝色的，黄色的……影子们纷纷挑出自己喜欢的颜色，穿在身上。路面仿佛打翻了一个颜料罐，流淌着让人眼花缭乱的水。偶尔一个黑色影子夹在中间，寂寂无名，泯然众人矣。整条街道被抹了一层力量，一下子热闹起来。

是的，力量。

发生什么事情了？

一个人，两个人，一队举着牌子的人。一辆车。一条狗。一只蚂蚁。一只小鸟。他们和它们，按自己的节奏走过去，流云在头顶缓缓移动。但影子们留在了这里。万物一心向前，毅然决然，根本不在乎（或许是完全没意识到）发生了什么。影子对他们是可有可无的东西。他们不会为此心痛。

有知觉的人们，听门外的脚步声，差不多就能猜出那个人是谁。远远地看到一个影子，他也可以判断是谁来了。这折射了主体和客体的关系（此处主客体迥异于庸俗哲学中的主体与客体）。客体可以透露出主体的核心秘密。每个事物（无论动物还是静物）皆有前因后果（主体和客体）。客体之于主体，既不是简单复制，也不是繁衍生息，二者的逻辑关系，非是现在的初级人可以看到。若干年后，若人类避开随时毁灭自我的战争、天谴一般的瘟疫，发展成智人，或可在主体与客体之间摸索到那一条条顺畅、明了的绳索。

客体脱离了主体，应该自行销毁，以便主体另做打算。在初级人阶段，这是基本的道德。但现在，影子们暴动了。它们紧紧贴着地面，拽开与主体关联的扣子，撕掉身上的标签，侧耳倾听，"刺啦"，"刺啦"，断裂之声清晰可见。一时性急者，哪怕皮开肉绽，血染长空。空气中弥漫着淡淡的腥味。它们看着主体的背影，互相之间忍不住说起话来。窃窃私语。由小声变大声。

我看到满地的影子。乌泱乌泱，渐渐幻化成一个舞台。有的在唱歌，表情沉醉。有的惨叫，缘由不清。有的在拥抱、亲吻，半天也没分开。有的在打架，一个冲上去，狠狠抽打另一个的脖颈。这是下死手啊。这么多的爱恨情仇，悲欢离合，却没有一个单独的个体。我只能在群体中看到剧情的片段，无法走近乃至成为其中的某一个。

我跟它们隔着一万重山。

从早晨到傍晚，我一直没离开。我又远又近地望着它们。事物不断经过，影子还在不断增加。先前留在这里的影子，有的悄悄长大，迎风而长的那种。一边长，一边用肩膀扛开旁边的影子。有的变得衰老，疲惫不堪的样子，粉红的头颅垂到胸前，体量越来越收缩。小者已不如拳头大。我见证了它短暂的一生，其长度堪比蜉蝣。对于它自己来说，或许真是漫长的一生。

有那么几个，从以平方计变成了以立方计——它们居然站起来了，连大地的面子都不给，更不要说毫无生气的柏油路了。路边大榕树的须子根根倒竖，为这反常的一幕而吃惊。

它们不但摆脱了客体身份，而且变成了主体，而且有了自己的客体，而且这个客体我只能闻其声，不得见其面。这是一种只可意会不可言传的感觉。它们传达出的信息，我全部接收到。

影子如此变化多端，我毫无心理准备。以前以其无根，轻视它，忽略它，不信任它。现在它已经扎根于深圳市福田区红荔路，和我对视，对话，眼睛一眨一眨的，那么鲜活，我又无所适从了。

其实，从影子脱离事物的那一刻，我就开始伤感。原先的我，心里藏着好多大悲大喜，究其原因，是有一个生活不安定的大背景。如今我心越来越平静，几无波澜。我刻意避开世间各种纷扰，躲进小楼成一统。但今日的影子触动了我。我试图拦住一个站起来走动的影子，和它聊聊。这是一条宠物狗的形状。它应该会说话。从其高频摇动的尾巴可以看出，它也对我感兴趣。我问，你怎么是蓝色的，这跟现实中的狗不搭调啊。它说，事情是这样的……

然后一群影子冲过来，以迅雷不及掩耳之势把它淹没了。它们围住它，模仿它，带着它走，一个队伍竟瞬间成型。那个影子远远向我摆摆手，沉没于激流中。答案明明就在眼前，我竟什么都得不到。我猜，那个影子应该是违反了某条规定。是的，这些似乎已经走出来的影子，都不能成为明显的个体。它们必须是庸众。它们形态各异，天壤之别，神态却极其相似。从根儿上讲，大家都是一个编号，可以表演，不可以出圈。归根结底还是一个影子。

太阳渐渐落进楼群。木棉花啪嗒啪嗒地掉下来，砸到站起来的影子肩膀上，然后又落在地面上的影子旁。一只鸟形的影子狠狠地啄它。如果天黑下来，五颜六色的影子们怎么办？它们还能活到第二天否？我也有点累了，擦擦眼睛，看到影子们在集合，粘连，弥漫，上升，放大。它们先是覆盖了街道，再是覆盖了整个城市，这还仅仅是个开始，接着，它们汹涌澎湃地向天空扑去。在太阳消失之前，它们似乎要覆盖那个太阳。

红荔路的辅道上有人骑着单车和我擦肩而过。我知道那是影子。但我不揭穿他。他也装作不认识我。大家都不尴尬。或问，这小一天的观察和发呆，有什么意义呢？我哪里知道。我就是要看，这个"看"就是我的全部，硬说意义也可以，那就是我"能"看到，这个"能"字，要加黑加粗。

影子站起来，便再不会倒下。

此身安处是吾乡

一个人，一出生便是脱离，离开一个封闭的空间，到了一个开放的大空间。呼吸舒畅了，眼睛睁开了，可以看到缥缈的没有尽头的天空，听到风声、雨声、雷声、笑声、哭声，但他内心有着与生俱来的不安全感。渐谙人事，他就必然寻找一个可以重新安放此身的所在。这个所在，有可能是出生之地，更有可能在遥远的地方。

我的童年和青少年时期在华北大平原上的农村度过。血液里淌着阳沟里浇地的水流，脑瓜顶上飘着落下来的硬币大小的枣树叶子，说话也脱不了一村一口音的方言。大平原，说来似乎有诗意，尤其对那些从没到过此地的人。多年后，一位山区朋友再三对我发感慨：我到你的故乡了，路上好平啊，连个坡都没有。我以转移话题做了回答。我不能对他说，我非常不喜欢那个地方，我不肯把"故乡"二字用在它身上。

从认字开始，我心里就开始描摹一个未曾谋面的远方并筹划如何抵达。村庄在我成长经历中的关键词是封闭、狭隘、物质匮乏、争斗、猜忌，等等。我向往与此相反的词汇。既然自己生活的地方找不到，那一定在另外一个地方，即城市。这个城市最初在我心中乃乡镇所在地，一个是阜城县蒋坊乡，一个是泊头市（原为交河县）西辛店乡，分别距离我们村两公里和三公里，逢年过节赶个大集就是人间艳阳天。然后是县城、地级市。犹记当年在衡水街头，看到一对穿着售货员制服的青年男女坐在花坛边怯生生谈爱的场景，心动不已。想，什么时候也能拥有这样的生活。我一步一步往外走，那个美好的"故乡"没有落在具体的一个地方，而是随着视野的拓展不断变化。

总之，我要到远方去。

高考填报志愿时，我选择了很多南方的城市，武汉、南京、苏州、上海等，只填写了一个北方城市做替补。等待音信的那些日子，有一天半夜梦见自己在东北厚厚的雪地上深一脚浅一脚地行走，四野无人。突然惊醒，满头大汗坐起来。三天后我收到了东北师范大学的录取通知书。而在长春读书、工作的十八年间，不知为何，我经常想象未来在深圳的生活，细节都想到了。那时候我根本没到过深圳。住集体宿舍的几个月期间，我们发牢骚嫌条件不好，一个从深圳返乡的同事开心地说："这已经非常不错了，我在深圳住在铁皮房里，简直能把人热死，深圳真不是人待的地方。"即使他这么说，也遏止不了我的想象与期待。当时的执念或许来自零星从报刊上读到的深圳奇迹，或者说我内心里生长着不安于现状、渴望奇迹的因子。身未到，居然已将其视为"吾乡"，此身安处是吾乡。

人要想象，大胆地想象。时间长了就会变成现实。

我与深圳的关系是从一个一个小细节开始的。刚到深圳那段时间也有很多不适感，比如酷暑时身上总是发黏，出去转一圈回来就要冲凉。饮食上不适，吃什么都不可口。这里有国内最全的"地方美食"，但偏执地说，都要或多或少做点手脚，以迎合更大多数人的口味。一些生活习惯也不适应，东北人被认为酒风洒脱超然，但饭桌上也有自己的规矩，由尊至卑，一个一个发言提酒，秩序井然，这里却是三杯过后就打乱仗，闹闹哄哄。不过，不适很快被另外一些内容冲淡了。比如几乎所有卫生间都配有手纸，无论公园还是城中村的苍蝇馆子。半路内急，到街边一饭店借用厕所，服务生毫不犹豫地打开门。乘坐公交车时没零钱，到附近一个小卖店换，店主客客气气地给我换了，如果在其他城市，你一般得买点东西才行，跟你不认不识的，干吗帮你忙，万一你是骗子拿假钱蒙我怎么办？这里对待陌生人的态度，远没外地人想象的那么冰冷生硬。据说这是深圳人做生意的精明，把你当成潜在的客户，乐得帮你一把。但这种与人为善，久而久之就会成为民风。而在若干号称有人情味的城市，热情是送给自己认识的人、熟悉的人或者本地人的。你一不小心暴露了外地口音，只能处于被动挨打的境地。旁观者即使知道店主坑你，他也下意识地向着店主说话。甚至，他也是刚刚被店主坑过的，只因你是外地人，他就想看你的笑话。你不得不小心翼翼，时时担心被坑被拒绝。

另一个是各行各业的服务意识。比如我到现在仍坚定地认为某些长春的出租车司机是全世界最操蛋的司机，没有之一。拒载、故意绕远、加价、抽烟、说脏话、开车煲电话粥……他们创造性地发明了很多出租车之恶并一以贯之地坚持下来。不否认他们中间有好人。我一年打一百次车，遇到十次，概率才十分之一，不高，但足够让我提起他们就厌烦。反正每次打车的时候，我都心中不爽，这次又会遇到怎样的坏人？在深圳，完全不用有此顾虑。同理，深圳出租车司机也不全是好人，但比起我去过的其他城市，动辄拒载、坑人的司机比例小多了，小到可以忽略不计。

在深圳不用顾虑的事还有一些。无论多晚都能买到东西。很多便利店 24 小时营业。在饭店不用顾虑被服务员瞧不起或者训斥，你花十块钱也能享受到真正的大老板一样的服务。一天，我们一行人到一个路边店吃饭，饭后开始打扑克，一直打到凌晨两三点，服务员就在旁边坐等，后来困得趴在桌子上睡着了，也没撵我们走。这在其他地方是奇迹，在深圳却是常态。当然，我们也体谅人家的不易，给了他一笔不错的小费。

那些让你不爽的出租车司机，坑你的小摊小贩，跟你要态度的窗口阿妹，欺负你家孩子的小混混，压榨员工的老板，任何城市都有，深圳肯定有。但还是那句话，你在深圳碰到的概率比较低。不是说深圳人素质比外地人高，而是从管理上对那些欺人太甚的人有相对成熟的惩罚机制。因此，在这里你不必一出门就提起一颗心来准备战斗。当你到其他地方走走，生活一段时间，多遭遇几次无缘无故的戾气后，才会意识到深圳跟它们是不一样的。

　　每个周末，我都流连于这个城市的大街小巷、山川河流、公园、社区。我走进敞着门的祠堂，打量雕梁壁画，和雕塑对视，时间一长，雕塑就能张开嘴。我站在榕树下面，一根一根地抚摸那些随风飘荡的棕红色气根，用它缠住自己的手指头，慢慢地裹紧。我在刚建成的过街天桥上走来走去，成为最早留下脚印的人。

　　有一段时间，我到处寻花。每一朵花都是一个活生生的人，我要和它们聊天，只需半个小时就了解了它的一生。我要蹲下来甚至趴下来才能看清它们。那天刚刚下完雨，我两手撑在地上，掌心沾满了泥，凑近那一株黄鹌菜，感觉到它善意地向我侧过身子来。旁边跑步的人不知我在做什么，也不问。这样真好，大家都沉浸在自己的世界里。为了找到更多未知的花朵，我会带一个背包，一整天在山林里晃，背包里带着充电宝、面包、矿泉水、双飞人、速效救心丸等。三瓶矿泉水喝完，嗓子仍然冒烟。后来我写了二百多种花，凑成了一本书。我实际看到的远远多于这个数。不知在其他城市是否能遇到这么多种类的花。

后来我又去追寻深圳的水。水的形态有哪些？河、湖、海、溪、瀑布，还有井。我一个人骑着共享单车沿茅洲河狂奔，大雨哗哗地浇下来，无处躲藏，浑身湿透。我开车拉着妻子去看马峦山瀑布，走错了路，在一条狭窄的单行道上前行，两边的树枝直扫车窗，差点找不到掉头的地方。妻子事后告诉我，她吓得掌心都是汗。

我对每一个陌生的地方都充满好奇。我用手去触动它，用鼻子去闻它，用脸去蹭它，和它长久地坐在一起，感受它的气息从地面生发出来，悄悄渗透到我的身体里，成为我身体的一部分。当我一一叫出那些花朵的名字，对它们的习性越来越了解之时，我就进入了它们，进入了深圳的内里，我和这个城市贴在了一起。我心中渐渐产生了一些愁绪。这是安定下来以后的闲愁，是淡淡的、无由的忧伤。它不苦。

最初的行走还真不是为了写作。时间一长，心中所想再也压不住，便写了出来。这就是我的"街巷志"系列。现在已经出版了四本，分别为《街巷志：行走与书写》《街巷志：深圳已然是故乡》《街巷志：深圳体温》《街巷志：一朵云来》，并以"城愁"概括之。这两个字非我首创，却是我倡导和推广的。街巷是支点，城愁是灵魂，它们是一个整体。越来越多的读者接触到我的"街巷志"，接受了"城愁"两个字，但也看出一些端倪，具体表现为两个。

一个是，"为什么你的书中写了那么多事物，很少写人"？确实，一篇几千字的文章，即使有人也是路人，几乎很少提名道姓指出某个人，更没有一个完整和曲折的故事。我得承认自己是有意为之。前些年不是没写过，关于人和人之间的恩恩怨怨，前因后果，人际关系，酸甜苦辣，翻来覆去就那么点事，自己都写恶心了。我的文字是要向天空飘去，向地下潜去的。它们要空灵，要接近神，人类的污浊之气很容易污染了它们。须知，万物并非死寂，人气远离之后，它们在自己的空间里就会七嘴八舌地发言。动物、植物、水、天气、地铁、建筑、海浪、城中村，它们边说边飞，带着我的文字一起飞。其实一定有人隐在万物体内。几十万字的书写，怎么可能没有人？只是主角变成了配角，配角变成了主角。我得尽量把握着一个尺度，让具体的人的故事远离它们，保持万物相对的干净和纯粹。

另一个是，"你写的深圳跟我想象的，见到的怎么不一样"？刚听到这个问题，我第一反应是：莫非自己写秃噜了？后来一想不是这样的，深圳本来就具多样性，东部和西部，大鹏和福田和龙华，都存在着巨大的差异。经济差异，人口差异，历史、地貌差异，甚至精神状态都极不同。行业分布，有的地方是所谓白领聚集，有的地方聚拢 IT 和金融，有的地方遍布工厂。在宝安总是忙忙碌碌，一进入大鹏半岛，停下就要躺平，除了安安静静地吹海风吃海鲜喝啤酒，什么都不想干。虽然现在已无关内关外之分，但是心理上的差异还没消失。一位罗湖的朋友听说我住在西乡，就说"好远哦，我从没去过"，我回复说，开车不过半小时。它们都称为深圳，却没有一个所谓的深圳概念可以覆盖全部的现实存在，所以无论你怎么写，只能写出一部分深圳，获得一部分共鸣。有些大而无当的词汇，当个笑话听听就行，别拿来使用。

这种个体的深圳反而让我获得了解放。我无需亦步亦趋跟着当下的一切走，我可以塑造一个我自己的深圳。"塑造"，这个词好大呀，深圳已经在这里，需要我塑造吗？深圳可能需要华为，需要大疆无人机，需要华侨城来塑造，你王国华是干什么的？我要说，一个文化的深圳，当然需要文化人塑造。尤其是文学，此乃艺术之根。我的塑造体现在哪里？举个例子，我在地铁车厢里看到有人坐在你的肩膀上，那个人就是前些年上班时猝死在地铁口的一个白领。我看到榕树上住着一群人。我要在平峦山的树林里挖一个陷阱，等着有人掉入并与我发生连接。我在南山区铜鼓路上找到一条很大很大的长椅，等世界末日来临时，这就是我要避难的地方。我看到香蜜湖里的水飘了起来，是湖畔一只水鸟把它拽起来的，而那水鸟可能就是我指派的，我自己又浑然不知……是的，我的一个一个遇到，一个一个想到和一个一个记录，便是我塑造的深圳。深圳需要传说。我赋予这个城市忧伤和传说。

我潜意识里的使命感越来越强。那些即将倒塌的旧屋，随时被砍掉的榕树，一个个消失的老市场，要永远存活在我的文字里。只要打开我的书，它们就生动地跳起舞来。那些未来的日子，在我的文字里提前出生，茁壮成长。那个"未来"到来时，它会抄起我的文字镜，反复地照，眨一眨眼，问那面镜子：你的主人是谁？

在深圳，我的心灵得以安放。我已大大方方地称之为故乡了。这个城市有一句让人心动的口号："来了就是深圳人"，而我以"深圳已然是故乡"命名"街巷志"中的一本，就是为了与之相呼应。这么一句大白话，其实还是稍微冒险的。有那么一些奇怪的人，脑子里总有奇怪的想法，诸如"子不嫌母丑""故乡的山水养育了你""最美还是故乡人""我的故乡我维护，谁也不能骂"……将他乡当作故乡，在他们眼里不啻"认贼作父"。虽懒得搭理此类言辞，但还是应该把我的态度亮出来：一、我可不是随随便便把某地当妈，我只有一个妈，在一个小村子里生活。二、不管你是什么水养大的，但我喝的是父亲挑来的水，没喝过你家的水。三、美人有很多，为什么一定是"故乡"的呢？听某人大谈自己的故乡，他跟另一个人说，咱们××(省名或者县名)的人就是老实。我心里想，可我知道你，并不怎么老实。以地域遮脸的人，大有人在。四、你如果在地铁或者公交车上大喝"××（省名或者市县名）人真是××（一句骂人的话）"，且你长得瘦小枯干，可能会有人站起来跟你叫板，甚至揍你一顿。但你在深圳的地铁上来这么一手，根本没人正眼看你。即使旁边的都有深圳户籍。那些誓死捍卫"故乡"的人，不一定多爱他们的"故乡"，是他们真没什么可捍卫的了，需找个事物来盛放人性恶的一面，因为在此旗号下，可以干很多伤天害理的事。五、我从不以生活过的地方出过什么名人伟人为自豪，也不为家乡的所谓名山大川而自豪，那里面没有我的任何努力，他们的光彩也不能给我个人带来一分一毫的荣耀。他们是他们，我是我，各自独立。

此刻以深圳为故乡的我，仍坚持以上原则。这种状况带给我的改变是，回头打望自己长期生活过的地方，曾经的压抑和不爽、抵触和反感，渐渐熄灭了。身有所依，心态便平和。

我怎么可以舍弃和忽略那种缘分呢。无论河北阜城，还是吉林长春，都塑造过我。我的饮食习惯，吃面、吃饼、吃咸菜、吃葱姜蒜；我的性格，急躁、心软；我的身体，粗壮，都跟这两个地域有抹不掉的联系。即今日将深圳当成故乡，亦得益于当初那儿的友人的鼓励。

我开始用方言和老家的亲人、朋友交流。这是我大学毕业后，一直到现在，二十多年刻意排斥的语言。普通话和方言岂止表达的变化，更会间接影响到思维，此正是我要坚持讲普通话的重要原因之一。奶奶八九十岁时，我跟她讲普通话，交流完全无障碍。一百岁后，奶奶耳朵越来越背，一句话跟她讲好几次都听不明白，转换成方言，立刻听清了。耳朵不用消化。现在跟母亲聊天，隐隐约约也有了类似迹象。我揪着自己的嘴改回方言，真如一门新语言。不过我也借此一点点在回归曾经的土地。

我和妻子在网上大量购买东北日常食用的冷面、煎饼、炉果、洋葱、黄瓜甚至生菜叶。电商成全了我们，东北胃口得到抚慰。虽然离开了东北，但依然在东北消费，为东北的地区生产总值做贡献。

以前生活的地方，用具体的事物驱逐你，岂非令此肉身得安处？而若无深圳的皈依，又何来阜城和长春的回望？

但深圳不会是宇宙的尽头。某种意义上，它和蒋坊乡、西辛店乡没什么区别。以前是怕得不到它，此时也不敢保证已经拥有了它。它是我此时的心灵栖息地，不一定永远是。它会变化，我也会变化，将来或许它抛弃我，或者我再寻他方。一个人的心灵故乡，绝非一时一地。你，我，他，一辈子都在逃离和追寻。随着年龄的增长，这种追求或会钝化，脚步慢下来，甚至倒退回去，都不好说。

　　滚滚人流中的一粒沙，让风吹，让雨打，明明可以改变的非常有限，但还是要拼命挣扎……